この日『偽りの勇者』である俺は『真の勇者』である彼をパーティから追放した

職業『偽りの勇者』を授かった
本作の主人公。
ユウを『真の勇者』に覚醒させるために
パーティから追放し、
自らは「悪役」として
ユウに討たれる運命にあるが――

「ユウ、一騎打ちだ
おまえと僕と。
どちらが『勇者』に
相応しいか
これで決めよう」

メイ
フォイルとユウの幼馴染で
『魔法使い』の少女。
追放されたユウと共に
パーティを抜け、彼を支え続ける。
ユウ
フォイルの幼馴染にして親友。
実は職業『真の勇者』を授かっているが
発現しておらず、フォイルから
パーティを追放されたことで
『真の勇者』として覚醒する。

「待って～！　待ってです！」
とてとてと走ってくるアイリスちゃん。
そんな彼女は全裸。
そう、全裸なのだ。
「あぁ、アイリスちゃ……
……いっ!?」

この日、『偽りの勇者』である俺は『真の勇者』である彼をパーティから追放した1

シノノメ公爵

HJ文庫
1066

口絵・本文イラスト　伊藤宗一

1

On This Day, I, the 'False Hero', Expelled the 'True Hero', from the Party.

CONTENTS

第一章　幼き頃の夢

そこは名も無い平凡な村だった。

世界では『魔王』と呼ばれる存在が現れ人々を脅かし、悲しみと苦しみに満ちている国がある中、そんなものとは無縁なほど、長閑で穏やかな村だった。

そんな平和で平穏に満ちた村のはずれにある、少しばかり小高い丘。そこで二人の子どもが木の棒で戦っていた。

「ていっ！」

「あっ！」

赤い髪の子どもが、黒髪の子どもの持つ木の棒を己が持つ木の棒で弾き飛ばす。

「へへっ、おれの勝ちだな！　ユウ！」

「うう……！」

勝ち誇る赤い髪の男の子——フォイル・オースティンは得意げな顔をした。

対して負けてしまった青い髪の男の子——ユウ・プロターゴニストは悔しそうに俯く。

「これでおれの十戦十勝だな！　全くユウはよわっちぃなぁ」

「えぐ……またまけた」

「げっ、め、メイちゃん⁉」

「こらー！　フィーくん！」

そんな二人の元に、可愛らしいピンクのワンピースを着、手に人形を抱えた一人の桃髪の女の子——メイ・ヘルヴィンがぷくっと、頬を膨らませてフォイルに詰め寄る。

「もうっ、またユウくんをいじめて！　いじわるしたらめっ！　なんだからね！」

「い、いじめてないよ。これは修行だよ、しゅぎょー」

「ユウくんは余りけんかが強くないし、フィーくんみたいに運動が得意じゃないんだから。ユウくんだいじょうぶ？」

「ぐすっ、だいじょうぶだよ。メイちゃん」

メイにハンカチを渡されて涙を拭くユウ。

それを見たフォイルが面白くなさそうな顔をする。その様子にさっきまでの勝った高揚感はない。

「へっ、なんだよ。ユウが泣き虫なのがわるいんだ。おれはわるくねーもん」

「もう！　そうやってすぐ不貞腐れるんだから！　あやまって！　ユウくんにあやまって！　めっ、なんだから！」

「ううん、メイちゃん。ぼくが、ぐすっ、泣き虫なのは事実だもん……。でも、まけたら悔しい……！　フォイルくん、もういっかいだ！」

「まだやるのか？　ユウじゃ、おれに勝てねぇよ」

「いやだっ！」

「あきらめが悪いな。まったく。だけど、へへっ。それでこそユウだ！」

「もう！　二人ともケガしちゃだめなんだからねー！」

子どもながらの嫉妬で語った言葉も、すぐに忘れ再び棒で競い合う。

そうして彼らはすぐに仲直りするのだ。

「ううう……結局一度もかてなかった……」

「はぁ……はぁ……へへっ。ユウがおれに勝つなんて十年早えよ！」

「フォイルくんはこの村で一番強いもんね……」

結局、ユウはその後もフォイルには勝てなかった。

地面に倒れ、悔しげながらもユウは同時に憧れの目でフォイルを見ていた。

とはいえフォイルもギリギリでかなり息が上がっている。ユウの諦めの悪さは半端じゃないのだ。

だが今日はもう修行はおしまいだ。流石に体がもたない。

「しゅぎょーは終わったし、今日はこれから何をしようか？」

別のことを提案すると二人を見ていたメイが元気良く手を上げる。

「はいはーい！　わたし、お花畑にいって花冠作りたい！　それかおままごとがいい！」

「おままごとかぁ。メイちゃんの作る設定ってかなりこまかいんだよね……」

「言うな、ユウ。おれもそう思ってる。……メイちゃん、メイちゃん。おれ達ちょっとしゅぎょーで疲れたし、それよりもさ、絵本読もうぜ。これ持ってきたんだ。じゃーん！」

「またそれぇ？」

「わぁっ」

メイは呆れた目になり、ユウは目を輝かす。

フォイルはへへっと鼻をさすってそれを出す。

「『勇者の物語』。やっぱ読書といったらこれだよな！」

「フォイルくんのおじいちゃんが買ってくれた奴だよね！　ぼくも欲しいけど、うちはお金があんまりなくて……ねぇねぇ、早く読もうよ！」

「あせるなよユウ！　此処はじっくりと落ち着いて座ってだな」

「もうしかたないなぁ。わたしも見る！　フィーくんもうちょっとそっちによって」

「これ以上はむりだ。ユウ、そっちに寄れないか？」

「ええ、ぼくもこれ以上はなれたら良く見えないよ」

結局三人はフォイルを中心にぎゅうぎゅうにくっつきあう。

「それじゃ、読もうぜ」

そうして彼らは『勇者の物語(ブレイヴ・ストーリー)』を読み始めた。


内容は単純だ。

この世には魔王という悪(あ)しき存在がいる。魔王は、自ら創り出した魔物(まもの)と魔族(まぞく)と呼ばれる存在を率い、魔王軍をつくる。

ある時、聖剣(せいけん)アリアンロッドに選ばれし一人の勇者が現れた。勇者は様々な所を仲間と旅し、時には困難を、時には魔王からの刺客(しかく)を打(う)ち破(やぶ)る。

仲間との友情、『勇者』の前に幾度(いくど)も立ち塞(ふさ)がるアングレシャスと呼ばれた敵との決闘(けっとう)。

ついには魔王を倒し世界に平和をもたらしたというもの。


それだけだ。

子ども向けだから難しい言葉も使われず、挿絵が付いただけのもの。

だが、子どものフォイル達にとってはそれだけで心を躍らせるのには十分だった。

「くぅ～、やっぱかっこいいよなー、ゆうしゃ！　おれもゆうしゃになって悪いやつを倒して人を救いたいぜ！　その為になら、アングレシャスであろうと倒してやる！」

「フィーくん、いっつも同じこと言ってる。でも、わたしもなれるなら魔法使いになりたいなぁ。そしてステキな魔法をたーくさん使うの！　ねぇ、ユウくんはどうなの？」

「えっ、ぼ、ぼく？」

「うん、ユウくんは何になりたい？」

「お、それはおれも気になるな」

二人に見つめられユウはあたふたとしながら、モジモジと手の先を突っつき合わせて答えた。

「わ、笑わないでよ？　……ぼくは勇者になりたい」

恥ずかしそうにユウが言った。

二人はきょとんとした顔になる。そして真っ先にフォイルが笑い出した。

「あっはっは！　泣き虫弱虫のユウがか⁉　無理だむりむり。お前は敵のアングレシャスにも勝てねぇよ」

「あら、わかんないよ？」

　笑うフォイルに対してメイは否定する。その言葉に、フォイルが驚く。

「なっ、おれがユウに劣っているっていうのか？」

「ちがうよ、ユウくんは優しいもの。ゆーしゃになるには強いだけじゃだめなんだよ。誰よりも優しい心を持ってなきゃ」

「む、ぐぐぐ……。ならユウ、おれとお前はライバルだ！」

「えっ！」

　メイの言葉に、フォイルはむくれ、そして再び木の棒を握りユウに向かって宣言する。

「勇者になれるのは一人だけ。だからおれとユウのどちらかだけしかなれない。まずは剣の腕で勝負だ！」

「ええ、また!?」

「だからそうやってすぐに力で結論を出そうとするのがダメなんだってばー、フィーくん」

「う、うるさいなっ。いくぞ、ユウ！　かまえろ！」

「えぇー!?」

　メイに良い所をみせようと躍起になったフォイルは再びユウと競い合うことにした。

　結局体力が持たず二人ともくたくたで倒れ込んだのをメイは呆れた目で見ていたのだっ

た。

「まだだ、おれはメイちゃんに良いところを見せるんだ」

フォイルは息が上がり、倒れながらも何かを決心していた。

◇

その日の夜。

村の住人が寝静まった頃。

そんな中フォイルとユウ、そして数人の子ども達は親に黙って家を抜け出し、近くの森の入り口に集まっていた。

内容は、森に祀られている女神の祠に行くというものだ。子どもにありがちな、勇気を試す為の行為であった。

「ねぇ……本当に行くの？」

「何だよ、ユウ。びびってんのか」

「違いないな！　ユウは泣き虫だからな！」

「そ、そんなことないよ！　ただ夜の森は危険だって大人達が……」

「そんなことにびびってたら勇者にはなれないぜ」

「うっ」

勇者になれないという言葉にユウの言葉が詰まる。

そして、ユウが勇者になりたいという言葉を聞いた子ども達が騒ぎ立てる。

「お、なんだなんだ。ユウは勇者になるつもりなのか？」

「ほんとかよ。あの泣き虫には無理に決まってるだろ。なー？」

「うぅ……」

他のみんなはユウの夢を笑う。口々に無理だと言う。

だがフォイルだけはジッとユウのことを見続けた。

「どうするんだ、ユウ？」

「……やるよ！　ぼくも行く！」

「おいおい、無理すんなよー」

「そうだそうだー」

「無理なんかしていない！　ぼくも行くんだ！」

意地か矜持か、それとも子どもながらの反抗心か。

ユウは来ると言って聞かなかった。

「へっ、流石だなユウ。きまりだ、みんなで行くぞ。勿論先頭はおれだ」

他の子どもが笑う中、フォイルはユウが来ると信じていた。

そしてその上で先に女神の祠に行き、自らの勇敢さを主張しようとした。

(そうだ、そうすればメイちゃんもおれの方が良い男だってことに気づくはずだ！)

探究心と……たった一つの淡い想い。

フォイルはぐっと拳を握る。そして、みんなを鼓舞する。

「では、勇士諸君！　探検に出発だー！」

「「「おー！」」」

「お、おー……」

拳を振り上げ、子ども達は森の中へ向かっていった。

初めて入った夜の森は薄暗く、それでいて恐ろしかった。いつも入る昼とは違い生命の気配が希薄で、それでいて不気味に騒めく森は不安を掻き立てる。

フォイルは知らずにごくりと唾を飲み込んだ。

「うひぃっ！」

「ひゃっ！　へ、変な声出すなよユウ！」

「だ、だだだって今足元を細長い何かが……！」

「や、やめろよそんなこと言うの」

「待てって、ちょっとカンテラ照らしてみる」

フォイルがユウの足元を照らすとそこには細長い蛇がシュルシュルと地面を這いずっていただけだった。

「何だ蛇か。しかも子どもじゃん。こんなのに怯えるなんてやっぱユウはお子ちゃまだな！」

「そんなこと言ったって怖いものは怖いよ」

「だめだな、勇者を目指すからには怯えてちゃだめなんだぜ。みろよこのおれの勇気を！」

タッタッタと走り、ユウよりも先にフォイルは進む。友達もフォイルの後を追ってくる。

「まっ、まってよフォイルくん！　そんなに先行ったら危ないよ」

「おいおい、泣き虫びびってるのかー？」

「そーだそーだ、早くしないと置いて行くぞー」

「見ろユウ！　おれはお前より先にいるぞ！　へへっ」

そんな風に会話しながら進む一行。しかし、目的の女神の祠はまだ見当たらない。

「おかしいな、ここら辺にあるって聞いたんだけど」

「おいおい、本当かよ。まさか道に迷ったとかじゃないよな？」

祠の場所を知っていると言っていた子どもが、周囲を見渡す。大丈夫かよ、と思いながらフォイルも一緒になって探す。

「ほんとうに見当たらないな」

「待ってよ、フォイルくん。勇、勇往邁進。大丈夫だ、ぼくは怖くなっ、うわっ⁉」

「ユウ！！？」

先走るフォイル達を追って慌てて口癖の自らを奮起する言葉を発しつつ、こちらに来ようとしたユウが足を踏み外し、転がり落ちる。

すぐに駆けつけ、落ちた位置にカンテラを照らすもそこにユウの姿はない。

「わわわ、泣き虫ユウが落っこちた！」

「たいへんだぁ！」

「みんなはそこにいろ！　おれが見てくる！　バラバラになったら大変だからな！」

他の子ども達に待機を命じ、フォイルは慎重にかつ素早く降りて行く。

ただの子どもであれば到底無理な坂道をフォイルは怪我もなく降りることが出来た。

「ユウ！　怪我はないか⁉」

「フォ、フォイルくん」

幸いにしてユウはすぐに見つかった。落ちた箇所は運が良いことに広い空間で、突き出た枝に刺さったり、鋭利な葉っぱもない。大きな怪我もなく、土汚れがひどいくらいだ。

　安堵するフォイルに対し、ユウの反応はどこか鈍い。何かに気を取られている。フォイルはユウの視線を追う。

「これは」

「うん、見つけたんだ。女神の祠だ」

　ユウは感動したように呟く。フォイルも思わず息を呑んだ。

　視線の先には大樹の下にある祠に祀られた女神の像があった。

「これが、女神の祠。なんて存在感なんだろう」

　フォイル達の住む村にも教会はある。女神の像も設置されている。

　それと違って手入れをされていない祠の女神は確かに見劣りするだろう。ただ、目を離せないような荘厳な雰囲気だけは教会の像よりもあった。

　思わず、フォイルも時を忘れたように見つめる。そして、すぐに他の子ども達を置いてきたことを思い出す。

「ユウ、上に行こう。みんな待ってるよ」

「あ、うん！」

　後ろ髪を引かれる思いでその場から離れる。

何とか斜面を上がり、他の子ども達と合流したフォイルは早速女神の祠を見つけたことを自慢した。

「えぇー！　本当に女神の祠があったのかよー」

「あぁ、ユウが見つけたんだ。な？」

「うん。すごく、綺麗だったよ」

「いいなぁ、でもフォイル達みたくおれ達はあんな斜面下れないよ」

「ちえっ、見つけたのは二人だけかぁ」

他の子ども達は女神の祠を見られなかったことを残念がる。

「とりあえず、目的は達成したんだ。村に帰ろう」

フォイルは村に帰ろうと告げる。不満はあれど、坂道を降りる勇気のない子ども達もそれに続く。

「……!?　まって今、何か音が……」

その時、ユウが微かに捉えた音に怯えた。

「あん？　また蛇か？　ふふんっ、ならこのフォイル・オースティンが成敗してやるぞ！」

音の元へフォイルはカンテラを照らす。

そして言葉を失った。

カンテラで照らした先にいたのは蛇ではなかった。

黒い体毛に鋭利な爪、フォイルの三倍以上はある体長。それは熊に似た生物であった。

それだけでも恐ろしいが何よりも特徴的で目を惹いたのは、その瞳であった。

「む、紫色」

この世で紫色の瞳を持つ存在はただ一つ。

魔王軍。それに所属する魔族及び魔物だけだ。

初めて見た魔物。それは巨大で、凶暴で、凶悪だった。

「あ、あ」

「ひぃぃぃぃ!!　ば、ばけものだぁ！」

「うわぁぁぁぁ！」

「ま、まて！　勝手に動いたら！」

恐怖に耐えきれなかった他の子ども達がバラバラに逃げようとする。

〈グォオオォオンッ!!〉

「いぎっ」

怯える仲間の中で真っ先に逃げ出した友達のシューが魔獣の爪で切り裂かれた。

「シュ、シューくんが……！」

魔物に突き飛ばされて木にぶつかったせいか、シューはピクリとも動かなかった。切り裂かれた体からダクダクと赤い血が流れている。

ユウもその様子に顔が青褪(あおざ)める。

そしてフォイルもカンテラを落としてへこたれていた。

「はっ、はっ」

息を荒(あら)くし、動悸(どうき)でおかしくなりそうな胸を押(お)さえる。


なんだこれは。

怖い。

怖い。

こわいこわいこわい!! 手に持つ木の棒が酷(ひど)く頼(たよ)りない。さっきまでの自信は既(すで)にない。

初めての恐怖にフォイルは呑まれていた。

幸いにも奴の視線はシューに向けられていた。

「ユウ! 逃げるぞ! あんなの勝てるはずがない! 大人を呼ばないと!」

「い、いやだ!」

「はぁっ!? おまえなにいって」

「シューくんはまだ生きている。だったら助けないと！」

「おまっ、そんなわけっ……！」

「ひぃぃ！」

「うわぁぁ‼」

他の仲間も逃げ出す中、ユウは足を震わせながらも逃げ出さない。棒を構え一歩一歩魔物に近寄る。

向こうも逃げ出さない此方に気付いたのか、顔を向けた。

こちらを見る魔物の、紫に染まる血走った恐ろしい目。

「あ、あ……。う、うわぁぁぁぁぁぁ！！」

立ち向かう勇気も消え失せ、気付けばフォイルはユウを置き去りにして逃げ出していた。

◇

「はっ、はっ、はっ」

気力を振り絞り、背後も確認せずに走り続ける。恐怖に駆られて無茶苦茶な走りをするフォイルの体力はもう限界に近かった。

「あぐっ！」

木の根っこに引っかかりコケる。すぐさま立とうとするも足がガクガクと震え立つことが出来ない。

「はぁ。はぁ。はぁ。ひっ」

怖い、恐ろしい。

がくがくと足が震える。

早く逃げなきゃと思うのに体が言うことを聞かない。

それでも背後から咆哮(ほうこう)が聞こえてこないことに気付いた。

逃げ切れた。そう思って気付く。

「ユウッ……！」

幼馴染(おさななじみ)は側(そば)にいない。

すぐさままだあの場に居るのだとわかった。

ユウは自分より弱い。

だから助けなきゃいけない。

だけど。

「おれは……おれは……ッ！」

足が震える、息が荒くなる、目の前が暗くなる。

またアレに立ち向かうのか？

脳裏に焼き付く、紫色の敵意にまみれた瞳。思い出すだけで背筋が冷たくなる。

「こわい……」

いやだ、こわい、こわいよ、だれかたすけて。

あんなのに勝てるはずがない。あの場所に戻りたくない。

「ユウ……！　おまえは、立ち向かっているんだよな？　あんな、恐ろしい相手に一人で？」

だけど。

だけれども。

ユウがあそこに残っている。

おれより弱いあいつが。

心が挫けそうになるほど、恐怖を味わったはずなのにユウは立ち向かっている。

「おれは……！　おれは勇者になるんだ！　だったら、逃げてる場合じゃないっ、ユウを助けるんだ！」

ガツンと頬を殴り、無理矢理震える体に活を入れ、木の棒片手にフォイルはユウの元に戻っていった。

こうして現場に戻ったフォイル。

そこで見たのは大人の兵士によって倒された魔物。

かなりの激戦で兵士達も傷付いていたが、それでも倒すことが出来たようだった。

そこには保護された、逃げ出した他の子ども達と、手当てされている魔物に切り裂かれた子ども。でも、それだけじゃない。

「メイちゃん？　なんで、ここに」

偶然(ぐうぜん)にも他の子ども達が森に入るのを見かけたメイがすぐさま大人達に知らせ、駆けつけたのだが、それをフォイルが知る由(よし)はない。

そんな疑問よりも、フォイルが目を引くもの。

メイが泣きながら抱(だ)きしめていたのは、傷だらけになったユウだった。

ユウは全身傷だらけになりながら最後まで棒を手放していなかった。

それを遠目で見たフォイルは、そのままズルズルと木を背に力なく凭(もた)れた。

あの姿を見れば、ユウが魔物に立ち向かったのは否応(いやおう)なく理解できた。

ユウはあの恐ろしい魔物に真正面から立ち向かったのだ。だがおれは？　ユウより強いおれはどうした？

おれは……逃げた。

「おれは……自分が恥ずかしいっ……！」

木の陰で一人、誰にも見られることなく。フォイルは悔し涙を流した。

その近く、フォイル達が見つけた小さな祠に祀られていた女神像が、何かを見るようにうっすらと輝いていた。

◇◇◇

あの事件から一年が経った。

子ども達だけで夜の森に行ったこと。魔物と遭遇したのに逃げ出さなかったこと。

こっぴどく怒られたけど、ユウもそしてシューも命に別状はなく、より厳重に子ども達が馬鹿なことをしでかさないか監視が厳しくなった以外変わらなかった。

そしてあの事件も月日が経つにつれ皆忘れていった。

勿論、魔物が出たというのは重大な事件だ。でも、派遣された国からの調査で付近にあの一匹以外の魔物が発見されなかったことから、すぐに調査は打ち切られた。他にも魔王軍の脅威に晒されている場所はいっぱいある。たかが一匹の魔物、それに死者も出なかったのであれば国の判断も当たり前であった。

だけどおれはただ一人、あの出来事を忘れなかった。否、忘れることはできなかった。

あの日からおれはより一層稽古に励んだ。体を鍛え、村の兵士にも剣術を教えてもらうようになった。メイちゃんは怪我をするおれを心配していたけど、おれはそんなのを気にする余裕もないくらいがむしゃらに頑張った。

全てはもう二度と逃げ出さないために。

大切な人達を守るために。

一心不乱に修行し始めたおれのことを周囲は心配した。

だけど、二人と遊ぶ時だけは心を休めることができた。

この日、村中の十歳になった子ども達が村にある唯一の教会に集まっていた。

おれは早めに来たが、おれよりも先に来ていた、見慣れた姿を見て話しかける。

「よぉ、ユウ。まだ時間じゃないっていうのに随分と早い到着だな？　やっぱりお前もか」

俺の大切な幼馴染だ。

「フォイルくん。まぁね。ドキドキしてつい早く来ちゃったんだ。それにお前もかってことはフォイルくんも？」

「あぁ、昨日から寝付けなくてな。とうとうこの日が来たな」

「うん、【神託】の日だ」

【神託】。

慈悲深く優しく人々を見守る女神オリンピアに仕えし『神官』。彼らは、【神託】と呼ばれる儀式を通し、女神の声を聞きその人に女神より告げられた職業を言い渡す。職業は授けられた時点から生涯変わることはなく、これからの人生をその職業に左右される。正に人生の岐路と言ってもいい。

中には【神託】で職業を与えられると同時に特別な『称号』を与えられることもあるらしい。

『称号』とは本来、職業を授かった者がその職業を極めたり偉業を達成したりすることで頭に天啓が与えられる。その後、『神官』に見てもらうことで、具体的にどのような『称号』を授かったのかを周知することが出来るのである。それはそのまま、本人のもう一つの呼び名となるほどに光栄なことなのだ。

『称号』を得られたら、その人固有の技能を得ることもあるという、正に祝福だ。

歴史上『称号』を授かったものは名を残すことが確定するほど名誉なことだ。だけどそう言ったものは王都や有名な街ばかりに現れ、間違ってもこんな田舎の村で称号を授かったという話は聞いたことがない。

「何になるんだろうな、おれ達」

「うーん、わかんないや。【神託】は女神様がその人に適した職業を与えるっていうし、もしかしたら全然予想もしなかった職業を授かるかもしれない」

「確かに。けどおれは『魔法使い』の職業なんか似合わないのに与えられても困るな」

「フォイルくん、細かいことは苦手だからね」

「なにぃ？　なまいきだぞこらっ」

軽くユウの首に手を回し、頭をグリグリとつつく。

「あはは、ごめんごめん」

「へっ、全く」

おれ達は互いに笑い合う。

「それでフォイルくんは何になりたいの？」

「ふっ！　それは勿論目指すは勇者だ！」

今も変わらない子どもの夢。

今も絵本で読んだあの英雄譚が目に焼き付いている。

「まーだ、そんなこと言ってるのフィーくん。本当に子どもね」

「あっ」

「メイちゃん」

いつの間にか、メイちゃんが後ろにいた。

彼女はこの日の為にお洒落な服とヘアピンをつけていた。その姿が凄く綺麗でおれは顔が赤くなるのを誤魔化すように咳払いする。

「わたしは『魔法使い』になりたいな。そして色んな魔法で人々を喜ばせるの！　他には『治癒師』でも良いかな。だってフィーくんもユウくんも良く怪我するんだもん」

「うっ、うるさいなっ。次からは気をつけるよ」

「どうだかね～。ねぇねぇ、ユウくんは？」

「ぼく？　ぼくは……『勇者』になりたいなぁ。それでも駄目なら『魔導技師』が良いな」

「『勇者』はともかく『魔導技師』か。確かにユウは手先が器用だからなぁ」

「そうよね、あの秘密基地を作る時もユウくん大活躍だったもん！」

「確かにな！　あの秘密基地未だに大人に見つかっていないんだぜ。ユウのお陰だな」

「そ、そんなことないよっ！　二人の協力がなきゃできなかったことだったし」

「謙遜すんなよ」

「そうだよユウくん。もっと自信を持って」

「うぅ……恥ずかしい」

そんな風に三人で談笑していると【神託】の時間を知らせる教会の鐘が鳴る。

いつの間にか、長いこと話してしまっていたらしい。

「いよいよだな。行こうか」

「そうだね」

「うん」

おれ達は三人揃って教会の中に入っていった。

教会の内部には厳かな雰囲気が漂っていた。

左右に並ぶ長椅子に座るのは子どもの親達だ。彼らは自らの子どもが何の職業を授かるのか今か今かと待ちかねている。

普段から教会を訪れることはあったが、今日はこれまでの中において一番荘厳で神聖な空気に包まれていた。

「ようこそお越しくださいました。未来を切り開く若者達よ」

教会の奥（おく）の壇上（だんじょう）にて待つのは年老いた村唯一の『神官（プリースト）』であった。彼の左右には『神官見習い（アコライト）』の若い男女が並んでいる。

「これから、【神託】を行う。名を呼ばれた子は一人一人、前に出るように。女神オリンピア様が貴方（あなた）達にふさわしき職業（ジョブ）を授けてくださいます」

厳かに語る『神官（プリースト）』。

彼らの前に立ち、そして祈（いの）られることによって『神官（プリースト）』は女神オリンピアの声を聞き、対象者の職業（ジョブ）を告げるという。

「シュー・マルール。前に」

「は、はい！」

『神官見習い（アコライト）』が名を読み上げる。

実際に、名を呼ばれた子どもが一人、『神官（プリースト）』の前に出る。女神の祠を探す時に一緒に居た友達の一人だった。

「落ち着いて、この部分に触（ふ）れるんだよ。大丈夫、怖くはないよ」

「は、はい」

「では始めましょう。慈悲深く、私達を見守ってくださる女神オリンピア様。この者に、ふさわしき職業（ジョブ）をお教えください」

『神官』が女神オリンピアへ祈りを捧げる。同時に前に立ったシューの身体も呼応するように淡く光る。

「さぁ、わかったよ。君の職業は『大工』だ」

「ほ、本当ですか⁉」

シューは喜んでいた。前までは『戦士』になると意気込んでいたが、あいつは魔物に襲われて以来、あの恐ろしい魔物から人を守れる家を造りたいと言っていたからだ。

「すごい、あれが【神託】なんだ。ドキドキしてきたよ」

「あぁ、おれもだよ」

その後も次々と村の子ども達の名前が呼ばれる。

その誰もが【神託】によって選ばれた職業に喜色を浮かべていた。

「次、メイ・ヘルヴィン」

「あ、わたしだ！」

名を呼ばれたメイちゃんがパッと立ち上がる。そのまま、くるりと振り返るとおれ達に手を振って、『神官』の前に小走りで向かって行った。

おれ達は苦笑しつつ、見守る。

「メイちゃん、何になるかなぁ」

「わからない。でも、何になってもきっとうまくいくさ」

会話する間も、メイちゃんの【神託】は続く。するとこれまで冷静に職業を告げていた老いた『神官』が、おぉと言葉を漏らす。

「メイ・ヘルヴィン……これは何と『魔法使い』、素晴らしい職業だ！」

「えっ？　えっ？　何、どういうこと？　わたし『魔法使い』になれるの⁉　やったぁ！うっ？」

「む、ど、どうしたのかね？」

いきなり頭を抱えたメイちゃんに『神官』が慌てる。

「なんか、頭に響いて。女の人の声のような。えっと、だいまほーつかい？　とか、なんとか」

「むっ、それは。すまないがもう少し調べさせておくれ」

「え？　は、はい」

再び、『神官』は目を瞑る。何かを探るように。そして、深い皺の刻まれた瞼を開いた。

「間違いない、これはっ。メイ・ヘルヴィン。君には『水の大魔法使い』の称号もある！」

「ふぇ？　え、『称号』ですか？　本当ですか？」

「うむ、まさか【神託】と同時に授かるとは。間違いない、君は立派な『魔法使い』になれるよ」

その言葉にメイちゃんは感極まったように震える。

メイちゃんは『魔法使い』の職業につけたみたいだった。それも更には称号付きときた。『魔法使い』の中でも水に特化した『水の大魔法使い』の称号もあり、もはや大成するのは確実みたいなものだ。

「やったよ、二人とも！　わたし、夢の『魔法使い』になれるよ‼」

「うお⁉」

「わっ⁉」

感動を抑えきれないのか、とてとて来たメイちゃんがおれとユウに抱きついてくる。子どもながらに鍛えたおれとは違う、女の子の柔らかさと鼻をくすぐる良い匂い、何よりも好きな女の子に抱きつかれたことでおれの心臓がうるさいほどに高鳴る。

「おっふぉん、嬉しいのはわかるけどまだ女神様の【神託】を告げなければならない子はいる。次はフォイル・オースティン」

「は、はい！」

遂におれの番が来た。メイちゃんに抱きつかれたせいで赤くなった顔を誤魔化すように上擦った声でおれは返事をする。

隣にいたユウとメイちゃんがいってらっしゃいと言ったのに、手を振りながらおれは『神官』の前に立つ。

「さぁ、これから君の職業を選定するよ。手をかざして」

言われた通りに手をかざす。心を落ち着かせる為に深呼吸する。

（本当は、『勇者』じゃなくたって良いんだ）

あの時、おれは逃げ出した。ユウを、友達を置いて逃げ出したんだ。

どれだけ、悔いたか。

どれほど、泣いたか。

もうあんな思いはしたくない。情けないままの自分でいたくない。

だから、頼む。女神オリンピア。

おれに大切な人を守れるだけの職業と力をください。

淡い光がおれを包み込む。ぎゅっと目を瞑り、おれは必死に祈った。

「おぉ、おぉぉぉぉ!!　これは正しく勇者の職業！」

熱狂し、涙を流して歓喜に震える老齢の『神官』。

彼の目はおれに向けられていた。

彼の言葉に集まっていた村のみんなが騒めき始める。

「勇者？　勇者ってあの？」

「まさか、この村で伝説の存在が生まれるなんて」

「伝説は本当だったのか！」

「勇者だ……！　勇者フォイル・オースティン！」

「フォイル・オースティン万歳！」

「フォイル！」

「フォイル！」

「フォイル！」「フォイル！」「フォイル！」「フォイル！」「フォイル！」「フォイル！」

喝采が上がる。

皆が皆おれを讃える。

『勇者』その意味がもたらすものをおれは一番よくわかっている。

勿論夢であった。なりたいと、目指す目標として努力を続けてきた。だけど、おれの脳裏には全く別のことが鳴り響いていた。

フォイル・オースティン。

職業（ジョブ）『偽（いつわ）りの勇者』。

偽り？　偽りとは何だ？

「あのっ」

「どうしたのかね？」

「おれの職業（ジョブ）はほんとうに『勇者』なんですか？」

「うむ、間違いない。君は『勇者』なのだよ。フォイル・オースティン」

「何か、その、称号とかは」

「む？　ふむ……君には『称号』はないのう。だが安心したまえ、すぐに君は人類史に残る偉業を成（な）し遂（と）げ『称号』も貰（もら）えるさ」

安心させるように告げる『神官（プリースト）』だがその言葉はおれの望んでいたものではなかった。『称号』はないと『神官（プリースト）』は言った。なら、それは事実だろう。

でも、さっきおれの脳裏には『偽りの勇者』であると痛いほど告げていた。だけど、おれの職業（ジョブ）は『勇者』であると彼は告げる。

ならやっぱりおれは『勇者』で、でも、おれの頭と心は『偽りの勇者』であると告げていて。なんで、どういうことだ？

　ぐるぐると答えの出ない思考の渦に呑まれている。

「歴史的、快挙には違いない。しかし、まだ【神託】は終わっていない。まだ残っている子達がいる。今日の主役はこの場にいる子全員なのだ。騒ぐのは、それからにしましょう」

　老いた『神官』は冷静に、騒ぐ民衆を宥める。残ったユウのことを指す。

　それにより、騒いでいた周辺が僅かに静まる。それでも騒々しいが、僅かでも考える時間が出来たことが喜ばしかった。

「おめでとう、フォイルくん」

「！」

　その時、少しだけ静まった瞬間にユウがおれを祝う。心底嬉しそうな声色で。

　おれは。

　おれは、ユウと視線を合わせられなかった。

　お前は、『勇者』になりたかったんだろ？　今、どんな気持ちでそこに立っているんだ？

　どんな気持ちでおれを祝ったんだ。

　見られない。お前の顔を見ることができない。

「次、ユウ・プロターゴニスト」

「は、はい！」

おれがユウに返答できない間に、ユウは『神官』に呼ばれた。

ユウは緊張で身体がカチコチになりながら『神官』の前へと向かう。

(でも、ユウならきっと素晴らしい職業を授かるはずだ)

おれも、そしてメイちゃんも職業と称号を授かった。おれの称号はよくわからないけども。

ならユウもきっと。

だがそれは次の瞬間裏切られた。

「む、これは……」

『神官』の表情が曇り、何度もユウの顔を見る。何度も目を瞑り、祈る。どうしたのだろうか。おれもメイちゃんも、村の人々も『神官』の顔に注目する。やがて『神官』は心底困惑した顔で告げた。

「ユウ・プロタゴニスト。君には……職業がない」

シンと喝采が止んだ。

「ぼくには……職業が……ない？」

おれの時の熱狂とは違う、異常な静寂。周囲に満ちるのは期待外れという冷ややかな眼差しと職業なしに対する侮蔑の色。

それはつまり――女神に見放されたということに等しかった。

「職業(ジョブ)が何もない。つまり君は『名無し』なのだ。残念ながら。こんなこと、あったことがない」

「そん……な……ッ」

「ユウくん！」

耐えきれなくなったのか、ユウはその場から逃げ出した。

その後をメイちゃんが追いかけていった。

そんな中、与えられた情報量に困惑し俯(うつむ)いていたおれは一人ユウを視界に捉えた瞬間、わかってしまった。気付いてしまった。

なぜわかったかと論理的になんて説明出来ない。

だがわかるのだ。

――本当の勇者はユウであることが。

それは天啓とも言えるし直感とも言えるし、超常(ちょうじょう)的なものとも言えるかもしれない。

それでもショックをうけて飛び出す二人を追おうとおれは駆(か)け出そうとする。

「ユ……！」

「さてさて、フォイル……いや、フォイル様。一度、教会の奥に来てくだされ。王都にもお知らせせねば」

おれも二人を追いかけたかったが神官（プリースト）達がおれを取り囲む。

村人がおれの前に壁（かべ）を作る。分厚い壁を。

待ってくれ。

おれの大切な人達が傷ついているんだ。だから、おれもいかせてくれ。

だけどおれは結局二人を追うことができなかった。

◇

二人に会えたのは次の日だった。あの後おれは『神官（プリースト）』達に無理矢理神殿（しんでん）に留（とど）められた。

その間おれはずっと二人を心配していた。おれの職業（ジョブ）を告げた老いた『神官（プリースト）』だけは、心配いらないと励ましてくれたけど他の『神官見習い（アコライト）』はおれをもてはやすだけだった。

そのことに不満が募（つの）った。

王都で直々に国王と会うことになったり、勇者としての使命を語られたりしたのだがおれは何処（どこ）か上（うわ）の空だった。

家族も教会に来た。

おれの両親は既に亡くなっていたが、育ててくれた祖父母は大いに喜んでくれた。

そのことは嬉しかった。だけどおれは職業について打ち明けることが出来なかった。結局おれは嘘をつくしかなかった。

「ユウ！　メイちゃん！」

色々な準備やら何やらから無理矢理教会を抜け出したおれはユウとメイちゃんを見つけることが出来た。

二人はいつもの小高い丘の木の下にいた。

「フィーくん！」

「あっ……フォイル……様」

「はっ？　様ってお前……」

ユウは何時ものように呼んでくれず、どこか他人行儀な挨拶をした。

酷く戸惑い、そして悲しくなった。

するとメイちゃんが「めっ！」とユウを叱る。

「ユウくん！　ダメだよ。いきなり様だなんて他人行儀にしちゃ！　そんなことフィーくんも望んでなんかないよ！」

「あっ、あぁ……そうだね。ユウ、別におれに敬語は必要ない」

「で、でも……」

「でも何もないよ！　二人は親友なんだから！　ほら！」

　メイちゃんがおれとユウの手を引っ張って握手させる。

　些か強引だったけどそのおかげでおれ達は落ち着きを取り戻した。

「ごめんね、フォイルくん。ぼくは……」

「気にすんな。おれも気にしてはいない」

「うんうん、やっぱり二人はこうでなくっちゃ」

「メイちゃんもごめん。そしてありがとう。ぼくを励ましてくれて」

「ふぇっ？　あはは、もう。ユウくんたら」

　久しぶりに会った二人は前よりも仲が良くなったように見えた。

　そのことに少しばかり心がざわついたけれども、それよりもおれは頼みたいことがあった。

「二人に、頼みがあるんだ。おれと一緒に王都に来てくれないか」

「えっ、王都ってこの国の王都だよね？　そんな、どうしてぼく達まで」

「おれは国王様に会わなきゃいけないらしい。それに女神教の総本山にも。だからおれは……。そうだな……正直一人じゃ心細い」

「フィーくん……。わかった、わたしも行くよ！　ユウくんも行くでしょ？」

「メイちゃん。でも……『名無し』のぼくなんて……」

「心配するな！　誰にも文句なんて言わせない。お前はお前でいろ。おれが守ってやる」

おれは胸を張って宣言する。

本当の勇者はユウだ。だからこそおれは少しでもその存在を知らしめようとしていた。

おれは真っ直ぐに彼の瞳を見た。

「頼むユウ。お前が必要なんだ」

「フォイルくん……。う、うんわかった。ぼくにできることならなんでもやるよ」

自信なげながらも笑うユウにおれはホッとひと息をついた。

——この時のおれは甘かったんだ。

世間がユウをどう思うかを考えもせず、彼を連れ出した。

そしておれ自身も、何処か楽観視していた。おれを『勇者』だと信じているユウがおれをどう思うのかなんて考えもせず、『名無し』のユウを世間がどう捉えるか考えず。

ユウの為になる、そうとしか考えられなかったのだ。

御伽噺(おとぎばなし)がある。

『勇者』は『魔王』と呼ばれる、世界に仇(あだ)す敵が現れる時に現れると。

今回の魔王は今より十年ほど前に現れたという。そして最近になって侵攻(しんこう)を開始したと。

だからこそ、『勇者』が誕生したのだと。

第二章　『勇者』としての軌跡

《『爆風』》

「う、うわぁぁあっ、魔王軍だぁぁぁ!!」

街を覆いつくそうとする魔物の群れ。逃げ惑う人々。

しかし、それを撃退する五人の影があった。

「魔物如きが！　俺に傷を付けられると思うな！　【烈風斬】」

剣を振るい、魔物を一刀両断する『剣士』の男。

「痴れ者が。わたくしの身体に傷一つつけられぬものと知りなさい、【燃え盛る豪炎】」

過多に装飾された杖をもってして全てを焼き尽くす『魔法使い』の女。

「お願い、人々を守る為の魔法を！　【守りの雨天壁】」

人々に向かおうとする魔物を巨大な水の壁で防ぐメイ・ヘルヴィン。

彼らによってみるみる魔物は数を減らしていく。

不利を悟(さと)ったのか魔物が逃げ出そうとするも先にユウが張っていた罠(わな)に嵌(はま)り、その場から動けなくなる。

「フォイルくん！」

「あぁ！　【聖光顕現(せいこうけんげん)】」

手に握られているのは、純白の一切(いっさい)の汚(けが)れのない剣。

歴代勇者が扱(あつか)いし、数多(あまた)の魔王軍を退けた伝説の聖剣アリアンロッド。

聖剣が呼応し、白く大きく輝く。

聖剣の一撃(いちげき)によって魔物は全て消滅(しょうめつ)する。

「あ、貴方達は……」

「あぁ」

生き残った市民が顔を見上げる。

聖剣を携(たずさ)える赤い髪の青年は強い意志を持った目でこう言った。

「僕は勇者フォイル・オースティンだ！」

神託より九年。

フォイルは十九歳になっていた。

◇

あの運命の日から九年、俺ことフォイル・オースティンを取り巻く周りの環境は大きく変化した。

村には帰らず、初代勇者が仲間達と建国した国、太陽国ソレイユの王都ハルマキスに住むようになり修行に明け暮れるようになったのだ。

そこで俺は『光聖の間』と呼ばれる太陽国ソレイユの限られた者しか訪れることのできない場所で封じられていた聖剣アリアンロッドを授かった。聖剣は『勇者』しか扱うことができないまさに人類の切り札。それを俺は抜くことができた。

一度、ユウに抜けるかどうか試させてみた。結果は抜けなかった。なら、俺があの時感じたのは何だったのか。未だに理由はわからない。

まだ、その時じゃない。そういうことなのだろうか。

背は高くなったし、髪も伸び、声変わりもした。

棒ではなく、剣を振るうようになってからは身体もがっしりするようになった。自慢じゃないけどそれなりに動きには自信がある。こう言うとメイちゃんに笑われるけど。

一人称も変えた。俺ではなく、僕になった。口調も王様や貴族に会う時は敬語で礼儀作法も身につけた。

正直本来の自分を隠しているみたいで嫌だったが、世間はそれを許さない。今の俺は対外的には『勇者』なのだ。ならばそれに相応しい対応が必要だ。

あの日、王様に直談判して仲間にしたユウとメイちゃん以外にも二人、仲間が増えた。

グラディウス・プライドゥ。

元は流浪の剣士だが、太陽国ソレイユの主催する《獅子王祭》と呼ばれる強者のみが集い、栄光を勝ち取る祭りで最後まで勝ち抜き、見事優勝を果たした一流の『剣士』だ。その腕は近衛騎士団長に匹敵するとも言われている。

実際、単純な剣の腕じゃ彼は俺よりも上だろう。

けど、女癖が悪いのと力が無い者を蔑む傾向がある。

メアリー・スージー。

太陽国ソレイユに存在する由緒正しき貴族の娘で、メイちゃんと同じく『魔法使い』の職業（ジョブ）を持って『炎（ほのお）の大魔法使い』の称号も持っている。

彼女の魔法はまさに苛烈（かれつ）で、洗練された炎は魔物や魔族を寄せ付けることなく全てを燃やし尽くした。

ただ……あまり言いたくないが選民思想が強い。彼女の家系が代々『魔法使い』を輩出（はいしゅつ）してきた一族なので、特に生産職の人々を見下していて民（たみ）が自分達の為だけに存在していると言って憚（はばか）らない。

この二人を加えて俺達は魔王軍の脅威から人々を守っていた。

戦力としては悪くない。寧（むし）ろ人類側にとっても最高峰（さいこうほう）だろう。だけどチームとしては少し良くないかもしれない。

理由はすぐにわかる。

彼らは根っからの職業（ジョブ）主義者なのだ。

確かに他者を見下すという点は褒（ほ）められた所ではない。だが、それでも腕は確かだ。

『名無し』であるユウを蔑むからメイちゃんとはよく喧嘩（けんか）している。俺も何とか仲裁（ちゅうさい）し、グラディウスとメアリーの意識を改善しようとしているがなかなかうまくいかない。

今はまだ大丈夫だが、このままでは良くない。パーティとしての力も協力というよりもそれぞれのスタンドプレーが目立つ。

しかし、良い解決方法が浮かばず頭を悩ませ続けた。

その懸念を肯定するように、とある一報が俺達に届いた。

◇

ある日、俺はとある建物の一角で彼らと話し合っていた。

「さて、皆わかっていると思うけどこれから戦うのは魔王軍の中でも最も強いと言われる八戦将の一人だ」

俺は自身で名を口にしながらゴクリと生唾を飲み込んだ。

八戦将。魔王軍の幹部と言われる八人の魔族。数多の街、国を滅ぼしたその強さはこれまでとは比べ物にならないはずだ。

魔王軍八戦将が一人、『爆風』のダウンバースト・グリュプスが水の都アーテルダムの人々を人質に街を占拠しているという。

「奴は今まで戦って来た魔族とは比べ物にならない程に強い。それは認識しておいてもらいたい。だからその上で奴に勝つにはどうしたら良いのか皆の意見を聞きたい」

「簡単ですわ、相手は街に陣取っているのでしょう？　ならばその街を周囲から包囲し、殲滅すれば良いのです。向こうから立て籠ってくれてるならば、それはつまり袋の鼠と変わりないですわ」

　あっけらかんと都市の人々を見殺しにすることを提案するメアリー。メイちゃんの眉が動くのが見えた。

「だがその方法じゃ、民に被害が出る。街の中には囚われた人々がいて僕達を待っている。それは望むところじゃない」

「あら、平民なんていくら死んでもよろしいのではなくて？」

　蟻でも踏み潰すかの如く気楽にメアリーがそう述べた。

「わたくし達と違い、幾らでも替えがきくのだから、そんなものを考慮する必要はございません。文字通り、生きている価値が違いますわ」

「あなたっ……！」

　冷徹に見捨てるべきだと言うメアリーに、身を乗り出してメイちゃんが怒鳴ろうとする。

　メイちゃんも変わった。桃色の髪は長く腰辺りまであり、ゆるく内側にウェーブがかかっている。そしてその先を一房でまとめていて、動く度に揺れる様は目を奪われる。

　太陽国ソレイユの貴族であろうと惜しみなく彼女の美を称賛する。俺はどちらといえば、メイちゃんの笑う姿が一番綺麗だと思うけど。

だけど今のその顔は怒りに眉を顰めている。

激昂したメイちゃんがメアリーに思わず掴みかかろうとするのを、手で制する。

「ダメだ。僕達は国から街を奪還することを命じられている。だからたとえ犠牲が出るとしてもそれを限りなく減らすことこそ、僕達がすべきことで、勇者パーティである僕達にしかできないことだ」

「あら、残念。しかし、犠牲無くして街の解放は不可能と思いますわ」

「全くだ。弱い者が死んだ所で何の問題もないだろうに。何も出来ずに人質になるなど足手纏いも良いところだ。全ては奴らに力がなかったってことだ」

メアリーの言葉にグラディウスも同調する。

確かに、抵抗も出来ない人々をかばって戦うことの難しさは俺もわかっている。だけど、見捨てることなんて出来ない。

「彼らは普段の生活を魔王軍に踏み躙られた被害者。僕達は勇者パーティだ。なればこそ、僕達は彼らを助け出す必要がある。そこに仕方ないで多くの犠牲を出す戦法を容認することは出来ない」

「しかし、他に何か方法がありまして?」

「それは……」

「あの、だったらこうしたら良いんじゃないかな？」

恐る恐る手をあげるユウ。

彼もまた子どもの頃と比べて背が高くなったし、身体も俺ほどじゃないけどしっかりするようになった。青色の髪は短く切り揃えられて好青年と言って良いのだろうか。けど何時ものおっとりした争いを好まない顔は変わっていない。

ユウはしっかりと俺達を目で見据え、己の策を語り出した。

ユウの語る内容は正に完璧だった。被害を抑えられ、なおかつ奴らに奇襲をも出来るという、正に最善の策だ。

「何故俺が弱いあいつらの為に体を張らなければならねぇ？」

「左様ですわ。態々、戦えもしない輩の為にわたくし達が危険を冒す必要などありません。そもそも、そこの何の職業もない平民風情にわたくしが従う道理なぞありませんわ」

だがその作戦にはグラディウスとメアリーの協力が必要不可欠だった。彼らはユウに対して良い感情を抱いていない。

それはユウが『名無し』だから。

「やめろ。対案もない反対は時間の無駄だ。それに君達だってユウの作戦のメリットはわかるはずだ。うまくいけば、ダウンバーストはともかく周りの魔族は一掃できる」

「チッ」

「むぅ」

不承不承でありながら従ったのは俺がユウの意見の採用を決定したからだ。

「平民風情が、貴族であるわたくしに指図するなんて……」

「力無き者が、多少小賢しい知恵が回るようだな……」

二人は最後にそれだけ言って作戦の準備に入った。そこにあったのは軽蔑、蔑みだった。

「私、あの二人あんまり好きじゃないわ」

ポツリとメイちゃんが呟いた。

俺も同じだった。だがそれを口に出すのは勇者として相応しくない。そもそも彼らの意見にも正論の部分がある。そして彼らの力もまた必要なのだ。だからただ曖昧に、少し困ったように眉を顰めた。

「ユウ」

「何？　フォイルくん？」

「この作戦は必ず成功させる。……だから勝つぞ」

「！　う、うん。もちろんさ！」

拳を差し出すとユウもそれに倣って俺に拳をぶつけてくる。

「なになに、二人だけして。私もする！」

そこにメイちゃんが乗っかり、俺達の手の上に手の平を重ねてくる。

俺達は顔を見合わせて笑みを浮かべた。

「いくぞ！　人々を魔王軍から救い出す！」

「「おぉー!!」」

◇

作戦はうまくいった。

俺が囮となることで、ユウとメイちゃんが人質とされていた街の人々を助け出し、張り巡らされた水路を利用することで速やかに脱出させたのだ。

「おのれッ！　おのれッ！　おのれェッ!!　下等種族が、大地に縛られし人間が!!　魔王軍八戦将の『爆風』である余を汚らしい地面に堕としてくれよって!!　許さんぞぉぉ！！！」

強風、暴風、旋風。

荒れ狂う狂風が俺達に襲い来る。気を抜けば立ってすらいられない。

初めて会う八戦将の『爆風』のダウンバースト・グリュプスは、巨大な翼と四肢を持つ鷲のような魔族だった。背中から生えた翼で常に上空に滞空し、人質が助け出されたと見るや否や、空から異名の元となった風の爆撃を繰り返した。当初こそ、その圧倒的な爆撃に手も足も出なかったが、ユウの策により不意をつき、片翼を斬り落とし、大地に堕とすことに成功した。

「ユウ」

しかし、その無茶のせいであいつは大怪我をした。

ダウンバーストを堕とす隙を作る為、俺の身代わりになったんだ。

メイちゃんが看病しているが傷は深い。

俺は強く聖剣を握りしめる。幼馴染をそんな危険な目に遭わせるしかなかった自身の不甲斐なさを恥じ、ユウの作った好機を無駄にしないと決意する。

「『瘴流』も『疫風』も既に倒された！　あとはお前だけだ、『爆風』のダウンバースト！」

「はッ！　余の配下である『三風痕』のうち、二人が倒されたことがなんだというのだ！　小賢しい策で余を堕としたくらいで調子に乗るなッ！　【風刻爪】」

「！　みんなッ！　下がれエッ！」

俺の注意と奴が爪を振るうのは同時であった。

奴の爪の直線上であった周囲の柱すらも両断され、倒壊する。

「爪を振るうだけでここまでの切れ味を持つのか！」

「はっ！　洒落（しゃら）くせぇ！　どうせ悪足掻（わるあが）きだ！　【煌迅空斬（こうじんくうざん）】」

「地にさえ堕ちればどうとでもなりますわ！　【炎舞の陣風（フレイム・フウアール）】」

グラディウスの空気を斬（き）り裂（さ）く飛ぶ斬撃。

メアリーの空気を焼き尽くす炎の豪風（ごうふう）。

左右からの挟撃（きょうげき）、しかしダウンバーストは猛禽類（もうきんるい）の如く鋭（するど）い瞳で睨（にら）みつける。

「けがらわしい下等種族めが！　余に近づくな！　【狂風の羽撃き（ガスト・ウイング）】」

「な⁉　がぁ‼」

「わたくしの魔法が！！？　うきゅうっ‼」

ダウンバーストが残った片翼を動かし、爆風（ばくふう）の如く強力無比な風が二人の技能（スキル）をけちらす。二人はそのまま遠くに飛ばされ、柱に激突（げきとつ）し、気を失う。

そのままとどめを刺そうと爪を構えるダウンバーストを止める為、俺は接近する。ダウンバーストはそれに気付き爪を振るうのをやめ、聖剣を受け止める。

「悪いが見過ごすわけにはいかないな！」

「ふん、軟弱（なんじゃく）者を庇（かば）ったか。だが、誰かを守って余を倒すことはできんぞ！　貴様の次はあの小僧（こぞう）だ！　忌々（いまいま）しい、余を騙（だま）くらかしよって！　必ずや殺してくれる‼」

「！　なら、尚更（なおさら）負けるわけにはいかないな」

「黙れ！　先に死ぬのは貴様だ『勇者』！　【風刻爪】！」

「【聖空斬】！」

奴の【風刻爪】を相殺すべく、俺は飛ぶ斬撃である【聖空斬】を放つ。『戦士』や『剣士』の扱える【真空斬】と酷似した技能で斬撃そのものが飛び、聖剣によって放たれることもあり、あらゆる魔族の攻撃を斬り裂く。

「何⁉」

聖剣の【聖空斬】と接触する寸前、【聖空斬】の挙動が変化した。

渦巻く風のように【聖空斬】を躱した【風刻爪】は、油断した俺の体を斬り刻む。

「ぐっ！」

「愚かな！　余の翼を落としたくらいで調子に乗るな！」

咄嗟に聖剣を盾に致命傷自体は避けられたが、出血が酷い。

長く戦闘を続ければ、いずれ出血多量で死んでしまう。

（癒しの『聖女』が居ない以上、この出血は不味い！）

魔王軍との戦いにおいて必ず『勇者』と共に歴史上現れる、あらゆる傷を癒す『聖女』。

だが、その存在は未だに世の中に現れない。理由は何となくだがわかる。俺が本当の『勇者』じゃないからだ。

羽織っていた外套(マント)を破き、傷口を強く巻くことで一時的に止血する。だが、それも応急処置に過ぎない。

「止血などさせると、うん？」

「【泡沫の夢玉(シャボン・ミスト)】」

早く決着をつけなければと焦(あせ)る俺の眼前に突然(とつぜん)多くのシャボン玉が現れ、ダウンバーストの攻撃を逸(そ)らす。

誰のなんてすぐわかる。メイちゃんだ。

「少しでも、フィーくんの援護(えんご)をっ」

先程(さきほど)の傷のせいでうずくまるユウの側(そば)でメイちゃんが水魔法(みずまほう)でダウンバーストの邪魔(じゃま)をする。その時、メイちゃんの側で倒れ込んでいたユウが何かに気付く。

「メイ、ちゃんっ、上！」

「えっ⁉」

「『魔法使い』めが！　ダウンバースト様の邪魔はさせんぞ！　【旋風刻み(せんぷうきざみ)】」

上空から飛翔(ひしょう)してきた魔族が二人に襲いかかる。咄嗟に傷ついた身体(からだ)でユウがメイちゃんを庇う。鋭利な爪がユウを貫(つらぬ)き、メイちゃんを傷つけた。

頭に、血がのぼる。

「二人に、何をしている‼　【聖空斬(せいくうざん)】」

「何⁉　ぐっ！」

すぐさま聖剣を振るい、【聖空斬(せいくうざん)】で魔族を撃(う)ち墜(お)とそうとする。躱されるも魔族は肩(かた)に傷を負った。

「くそ、『勇者』めが！」

「下がっていろ、オニュクス‼」

「ダウンバースト様っ、しかし」

「問題ない、大義である。貴様の隙のお陰で、既に創り上げた」

「！　なるほど。はっ！」

ダウンバーストの言葉に二人を襲っていた魔族は空に飛び、そのまま遠くに飛翔する。

何故、と思案する俺の頬(ほお)を突風(とっぷう)が吹(ふ)き渡(わた)る。

「この、風は」

「無駄よ！　最早(もはや)貴様は一歩たりとも余に近づくことは出来ぬ！　余から視線を外したのは失策だったな！　貴様は惨(みじ)めに地べたに這(は)いずり死ぬのだ！」

絶望が目の前に広がる。

「【鵟王の断き(ヴィトフニル)】よ、荒れ狂え！　下等種族の人間ども、恐れ見よ！　余こそが『爆風(ばくふう)』！

天空の王である！」

　奴は周囲に竜巻を発生させ、それに自らの【風刻爪】を放ち、切り刻む鎌鼬を発生させた。俺がユウとメイちゃんを助けた隙に奴は堅牢な風の檻を完成させていたのだ。

　ダウンバーストの周りを吹き荒れる【鷲王の断き】、あらゆるものを薙ぎ払う風と大地を刻む鎌鼬が俺の接近を拒む。

　だが、俺は諦めない。諦めるわけにはいかない。

　ちらりと隣を見る。風の暴威にメイちゃんがユウを庇いつつ、耐えている姿が見えた。

（ユウは、あいつは俺に応えてくれたんだ。なら、俺もあいつに応えてやらなきゃ、どうあいつに顔向けできる！！？）

　奴を地に堕とす為、ユウは策を練った。

　それは、自らを俺に扮して誤認させダウンバーストの注意を引くというものであった。

　無論、メイちゃんは反対した。

　しかし、ユウは押し切った。

「知ってるさ、あいつの頑固さは。わかっているさ、俺が『勇者』じゃないことくらい」

　思わず呟く。

　だけどよ、今ダウンバーストをどうにかできるのは俺だけなんだ。皆を守れるのは俺だけなんだ!!

「今の俺は『勇者』なんだ！　この現状を打破出来るのは俺だけなんだ。だからよ、聖剣アリアンロッド！　俺にみんなを守るための力を、勇気をくれ!!」

聖剣が光り輝く。強く柄を握りしめ、俺はダウンバーストに向けて走り出した。

「はっ、蛮勇な。そのまま風に斬り殺されよ！」

「【聖空斬】」

俺は真正面に向かって【聖空斬】を放つ。分厚い風に阻まれ、消される。それでも俺はなんども放つ。嘲笑うダウンバースト。

「無駄なことを、貴様がいくら足掻こうが余に近づくことは……⁉」

「ウオォォォォッッ!!」

吹き荒れる風の隙間から血だらけになりながらも現れた俺にダウンバーストが驚く。

「貴様ッ、聖剣の力を、道を切り拓くために使ったのか⁉」

「ご名答！」

奴が風を操れるのは奴自身の魔障を使って具現化させているからだ。だからこそ、聖気を纏う攻撃であればある程度中和できる。それが聖剣ならば、尚のこと。

しかし、それも完全とはいかない。突破だけに重きを置いた【聖空斬】だけでは縦横無尽に吹き荒れる風を全て打ち消すことは不可能だ。

結果、相殺しきれなかった鋭い鎌鼬が俺を切り裂くも、この程度なんともない。奴に接近さえできれば、それで良い。

「進むべき道はただ一つ！　ならば、それに向かうのみ！　ただひたすらに……前へ！」

ダウンバーストさえ倒せれば、俺の体がどうなろうと関係ない。俺は負傷した所から血を流しながら、奴へと接近する。

「ぐっ、片翼を失った所為で風の結界に綻びがッ。正気か貴様⁉　だが先に技を放てるのは余だッ。貴様の勝利など万に一つもない！　綿のように消し飛べいッ‼」

油断していたダウンバーストが周囲の風を集め始める。俺を吹き飛ばすつもりだろう。奴が先か。俺が先か。賭けであった。

時間が長く感じる。実際には一秒にも満たない時間のはずだ。

俺の聖剣が光り輝き、ダウンバーストの風が唸りを上げた瞬間。

ドスッと何かを刺す音がした。

音の発生源は、斬り落とされたダウンバーストの翼。それをユウが剣で突き刺した。何の意味のない、ただの悪足掻き。

「勇往邁進……。行ってくれ、フォイルくん！」

「貴様ァァァッッッ！！！」

しかし、それは天空の王を騙るダウンバーストにとってはこれ以上にない侮辱。

俺が目の前にいるのも忘れ、思わずユウの方向を向く。

「【聖光顕現】」

「しまッ！！？」

その隙を見逃すはずがない。俺は聖剣を強く握りしめ、聖剣は特大の光を放った。

『勇者』のみに扱える技能、【聖光顕現】。

聖剣から発せられる太陽の如く強く、そして優しい白い光は辺りを照らす。

ダウンバーストの周りを囲っていた風の防御壁が全て霧散する。これでもう、奴と俺を遮る障害はない。

奴は焦り、それでもなお俺を睨み続ける。

「下賤な大地に縛られた畜生めらがッ！　この天空の王たる余に対して何たる無礼をッ」

「お前が何処の誰で、何の王だろうと関係ない。人を傷つけるというのならば、俺はお前を倒すだけだ！　だから、ここで堕ちろ！　『爆風』のダウンバースト・グリュプス‼」

「ぐ、『勇者』めぇぇッ‼」

「【聖一閃】」

聖剣がダウンバーストの強靭な身体を貫く。

深々と突き刺さった聖剣が横に薙ぎ払われ、奴の白銀の羽を赤く染める。

「ありえん……ばかな……この余が穢らわしき大地に身を臥せるなど……何かの、間違……い……」

誇りである翼を失い、矜持を折られたダウンバーストは惨めに大地に倒れ伏した。

それに伴い、周囲に吹き荒れていた狂風も穏やかなそよ風に変わって行く。

その様子を見た俺は、息を整え、勝利を宣言した。


人質は皆解放できた。全てはユウの作戦通りに進んだ。

八戦将も、皆の力を合わせ倒すことが出来た。

被害も街こそ崩壊寸前にまでなったが犠牲者は少なく抑えることが出来た。悔しいと思う反面、流石はユウだと誇らしく思った。そしてこの功績があれば周囲はユウを認めるようになると思っていた。

ユウには職業がない。『名無し』と呼ばれる状態だ。それは差別の対象になる。だが今回の功績はそれを差し引いても余りあるものだ。これでやっとユウは周囲の差別の目から解放される。そう信じていた。

だから、そう。

この時、俺は本当にそう思っていたんだ。

《追放》

『爆風』のダウンバースト・グリュプスを討伐して数日。奪還された街では多くの人々が俺達の偉業を讃えていた。魔王軍の侵攻から既に十年、遂に初めて八戦将の一人が討ち取られたのだ。

失った命も、壊された大地も戻りはしない。それでも、希望が見えたからこそ人々の喜びもひとしおなのだろう。

「いつつ」

「痛みますか、勇者様」

「まぁね。だが、問題ない。この程度、人々の受けた痛みに比べたら。痛っ」

「申し訳ないっ、『聖女』ではない私共ではこれが精一杯で」

歓喜に沸く人々の一方で傷を負った俺は治療に専念していた。

『聖女』以外で治癒系の技能を扱える『治癒師』が俺の傷の手当てをする。とはいえ、『治癒師』の技能では対象者の体力に頼る為、結局は俺自身との戦いになるわけだが。

その為、痛みに呻いている。それを心配したのか、『治癒師』の女性が話を変えて気を紛らわせようとする。

「しかし、流石です『勇者』。聞けば、水の都アーテルダムの住民を全て救い出す策すら『勇者』様が立てなさったとか」

「何？」

だから、『治癒師』のその言葉に反応することが遅くなった。

◇

「ユウ！　何故君が立てた計画全てが僕のものになっている⁉　あれはお前が立てた作戦だろう⁉」

ダウンバーストとの決戦時。

市民を街から脱出させる計画を立てたのが俺だということになっていた。

それを聞いた俺は愕然とした。

違う。作戦を立てたのはユウだ。だが周りは皆俺の成果だと言って憚らない。

だから俺はその場から動いて、少し離れた位置にある庭園にいたユウへ怒鳴り込んだ。

「あ、フォイルくん。どうしたの？　今は治療の最中じゃ？」

「そんなもの、無理矢理抜けて来た！　それよりも、どういうことだ。何故、お前の功績が僕のものになっている⁉」

「えっと、メアリーさんがさ。何もしていない臆病者が功績を受け取るなんて相応しくない。辞退しろって」

「お前はそれに納得したのか⁉」

「うん。だって僕は殆ど戦闘じゃ役に立たなかったからね。悔しいけどさ」

あっけらかんと語るユウの表情には言葉にこそすれど、微塵も悔しさは見られない。

なぜだ。

お前はすごいことをしたんだぞ？　もっと誇れよ。自信を持てよ。

「だからといって――」

「それにしてもおめでとうフォイルくん！　また勲章が増えたんだってね。やっぱ、フォイルくんはすごいや！」

「っ！」

あぁ。

気づいた。

気づいてしまった。

ユウの目は、周りが俺を見る目と同じ色をしていた。即(すなわ)ち尊敬と崇拝(すうはい)。

あの時と同じ、勇者だとわかった時の友達の、村人の、神官(プリースト)の、周囲の目線。

俺とは距離(きょり)を置いた人達の姿。

近いはずの幼馴染が酷く遠くに見えた。

「やめろ……お前まで俺をそんな目で見ないでくれ……！」

え？　とユウが首を傾(かし)げるも俺はその場から逃げ出した。

ユウの視線から逃げるように去った俺は治療室(ちりょうしつ)にも戻らず、勇者の為にと用意された自室の最高級のベッドに倒れ込む。

「はぁ、はぁ」

そのまま近くにあった桶(おけ)を手に取り、吐(は)き出した。

どうする。

どうする。

どうする。

どうするどうするどうするどうするどうにかしなければどうにかしないとどうやればどうしたら良い⁉

「なんでだ、ユウ。お前なんだ、お前が『勇者』なんだぞ？　なのに、なんでそんな簡単に己を卑下できるんだよ⁉」

俺は長年ユウを側で見続け、待ち続けた。いつか『勇者』として覚醒して、その時に聖剣を渡せば良いと思っていた。

だが、現実は非情でユウが『勇者』として目覚めることはない。

このままではダメだ。ズルズルと引き延ばし続けてしまえばユウはこの立場に甘んじ、勇者として目覚めることがない。直感だがそう確信した。

だってそうじゃないか。

あいつはグラディウスとメアリーに蔑まれようが気にしていない。

「なんで、いや、そうか」

なら、その理由はなぜだ？　そんなの決まっている、俺のせいだ。

ユウは俺が『勇者』だと信じている。俺こそが世界を救うと。だが世界を救うのはユウ、お前なんだ。

俺では……だめなんだ。無理なんだよ。

「だがどうする？　俺が真実を言ったところでユウは信じないだろう。そもそも歴史上勇者が二人もいるなんてこと、初めてだ。誰も信じない」

過去の記録を漁っても勇者は必ず一人であり、他の勇者が現れたという記録はない。だから対処方法もわからない。『神官』に相談することも考えたが、過去の《神託》の記憶から、俺はあまり『神官』を信頼出来ない。唯一、直接俺の《神託》を見てくれて、ユウも心配してくれたあの老いた『神官』だけは信頼できるけど、あの人はもう亡くなってしまった。

わからない。どうすれば良い。どうしたら。

何度も繰り返された答えのない迷路。何時も結局答えが出ずになぁなぁで過ごして来たが今何とかしなければならない。

だけどどうしたら。

出口のない思考の迷路に迷い込む。

しかし、今回は一筋の光が差し込まれた。

パタンと、何かが落ちる音。目を向ければ、机から落ちた一冊の本。

大人になってからもずっと大切に持っていた、子どもの時から持っていた絵本。

「『勇者の物語(ブレイヴ・ストーリー)』……」

落ちた拍子(ひょうし)に開かれたページは、丁度幼い頃嫌(きら)いと言っていた勇者の敵である男、アングレシャス。

彼は主人公の敵として何度も立ちはだかり、その度に邪魔者(じゃまもの)となっては敗北する。何度も何度も傷付きながらも勇者の邪魔ばかりした。

最後は魔王との戦いの前に勇者によって倒される。

そのしつこさから故郷の他の子ども達には嫌われていた。俺も、こいつは嫌いだった。だって、何時も『勇者』の邪魔立てをするから。

幾度もなく邪魔する勇者の敵役(アングレシャス)。しかし彼は、生き別れた主人公の兄であった。彼は弟の過酷(かこく)な運命を嘆(なげ)き、それを止める為、諦めさせるために、何時も邪魔をしていたのだ。

全ては弟の為に。兄は勇者となっただけで戦場に送られる弟を止めるために邪魔をしたのだ。

最期(さいご)は自らの弟の手によって命を落とす。悪役として、決して弟には事情を明かさずに。

そして皮肉なことに幾度にも亘る彼との戦いで『勇者』は力を身につけていった。

「そうか……初めからそうすれば良かったんだ」

ポツリと呟く。顔に浮かんだのは歪んだ笑顔。

俺が、敵役になる。そして、ユウの前に立ち塞がる。そうすれば、あいつは『勇者』として目覚めるはずだ。

これは荒療治だ。もっと良い方法があるかもしれない。だが俺にはこれしか思いつかなかった。それくらい俺は追い詰められていた。

「あ、フィーくん」

ドアを開けると丁度ノックしようとしていたのかドレスで着飾ったメイちゃんが居た。

どくん、と心臓が跳ねた。

「何で突然治療室からいなくなったの？　見に行ったのにいなくてびっくりしたわ。途中で会ったユウくんも心配してたよ、自分と会話をした後、いきなり飛び出して行ったって」

「あぁ……いや、ちょっと調子が悪くてね」

「本当？　ちょっと屈んでくれる？」

言われたまま少し屈むとメイちゃんは俺と額をくっつけた。

「メ、メイちゃん⁉」

「動かないで。……んー、熱はないかな。でも調子が悪いってことは疲れかな？　また何か内緒で人助けしたの？　ちゃんと教えてよね。フィーくんは一人で抱え込もうとする癖があるんだから」

「そんなこと……ないさ」

「なら良いけど。でも無理したらめっ！　なんだからね」

子どもの時と何も変わらない仕草でメイちゃんが叱る。

その姿はユウのことで傷付いていた俺の心を癒してくれた。

「メイちゃん」

「ん？　何？」


メイちゃんが笑う。子どもの時と変わらない綺麗な笑顔で。彼女の瞳が俺を映し出す。


……いやだ。

怖い。こわいこわいこわい。

彼女の笑顔を奪うのが怖い。彼女に嫌われるのが怖い。彼女から軽蔑されるのが怖い。

そして何よりも二人を傷付けるのが怖い。

だが、決めたんだ。俺は決めた。

俺はユウを追い出す。そうして彼の中にある俺という勇者の幻影を打ち砕く。

その為にならどんなことでもする。

ユウとメイと一緒にいた、陽だまりの空間を壊そうとも。

「……ぁ」

その時気付いた。気付いてしまった。

甘えていたのは俺も同じだったんだ。そうだ俺はこの居心地の好い空間を維持したくて、ずっと前に進めなかったんだ。

酷い奴だ。

無辜の民が傷つく中、自分のことばかり考えていたなんて。

グラディウスとメアリーを自分本意の身勝手な人だと思っていながら自分勝手なのは俺もだったんだ。

こんな奴にもう救いはいらない。

ならばもう、覚悟は決まった。

「？　フィーくん本当に大丈夫？」

「……いや、なんでもないよ。それよりもさ、お願いがあるんだけど――」

頼んだのは適当な願い事。

メイちゃんは少しばかり訝しげにしながらも了承してくれた。

その背を俺は見送る。

これで良い。これで一先ずメイちゃんはこの場からいなくなる。あとはユウを呼び出すだけだ。俺はすぐさま残る二人の仲間にも召集をかけた。

◇

「どうしたんだい、フォイルくん。突然呼び出して……あれ、二人も居たんですね」

部屋を訪れたユウは俺を見、そして二人を見て顔が翳る。

先に内容を伝えたグラディウスとメアリーはニヤニヤと意地の悪い笑みを浮かべている。

ユウは疑問に満ちた顔で俺を見た。俺は無表情に、蔑むような目でユウを見る。

ユウ、恨むなら恨め。憎むなら憎め。

こんな酷い友人を。

こんなことでしか……お前を大切に想えない俺を。

「ユウ、お前をこのパーティから追放する」

俺は、ユウの瞳を見据え、別れの言葉を口にした。

「え……？　フォ、フォイルくんどうして……？」

「すまない、これは前々から決めていたことなんだ。お前をこのパーティから追放する。二人も僕の案に賛成してくれた。役に立たない仲間なんて必要ない」

「でも、僕だってパーティのために色々としてきた。なのにそんな」

「笑わせるぜ、木偶の坊。何の取り柄もない、力もないお前がこのパーティにいるのは烏滸がましい」

「本当ですわ。魔法も使えず、役にも立たない貴方が栄えある勇者の仲間なんて何かの間違いですわ。職業を持たない人間は身の程をわきまえなさい」

同じ部屋にいたグラディウスとメアリーが侮蔑を含んだ目でユウを見ている。

二人は俺の話した内容に反論しなかった。寧ろ嬉々として頷いた。その姿に思う所はあれど今は好都合だった。

「仲間だった誼だ。この袋に入った金はくれてやる。これで何処ででも暮らせばいい。だから、さっさと出て行くといい」

「まっ……てくれよ、フォイルくん。そんな一方的に……！　さっきまで普通に話していたじゃないか！」

「そうだ。それで気付いたんだよ。確かにメアリーの言う通り、お前みたいな奴が勇者パーティにいるのは相応しくないってね」

「当然ですわ。わたくし達には使命が、そしてそれを為すために選ばれた存在ですのよ？　それなのに、貴方のように何にも取り柄のない人がいるだなんて不愉快ですわ」

「そりゃ、僕がこのパーティに相応しくないことはわかっていたさ。でも僕だって僕なりに皆の役に立とうと一生懸命色んなことを」

「そんなのはお前でなくても出来るんだよ。なぁ……わかってくれ、ユウ。この世界では、職業が全てなんだ」

「っ！」

ユウの顔が絶望に、悲痛に、悲観に歪む。

違う。俺は、本当はそんなことは……！

いや、駄目だ。撤回するな。俺は決めたんだ。

「お前のような『名無し』と付き合ってられないんだよ、プロターゴニスト」

決定的な別れの言葉。

その言葉に耐えきれなかったのか、金も受け取らずにユウはこの場から去っていった。

それを見て笑う仲間達。

その中で俺は去ったユウの背中をじっと見つめていた。

◇

「フィーくん！　どういうことよ⁉」

あの後宿からユウが荷物を持って居なくなったと女将に聞いた俺が石橋の上で佇んでいると怒鳴り声が飛んできた。

誰だか振り向かなくてもわかる。

俺は振り返った。

「あぁ、君か。メイちゃん。何の話だ？」

「なんの話ってッ、ユウくんを追い出したってどういうこと⁉」

「どういうこともなにも言葉通りだ。アイツはこのパーティに相応しくない。だから追い出した。それだけさ」

「なんで⁉　意味がわからない！　ユウくんが私達の為にどれだけのことをしてくれたか

忘れたの⁉　フィーくんも知ってたじゃない！」

「そんなこと関係ない。それはユウでなくてもできることだ」

嘘だ。どれだけユウが自分達のことを想い、索敵や警戒をしてくれ、スムーズにことを運べたのかを知っている。ユウ以上の奴などいない。

だけど俺は嘘で塗り固める。

メイちゃんは凄く怒っていたが、俺の言葉に段々声も小さくなり俯いていった。

「ねぇ……なんで？　昨日まで三人一緒に仲良くしてきてたじゃない。わかんない、わかんないよ。フィーくん、お願い何があったの教えてよ。ねぇ、どうして……。フィーくんはそんな人じゃ……！」

「いいや、今も昔も変わらない。僕達は魔王を倒し、人々を救う使命がある。そんな中に彼のような――」

そこで一度言葉を切る。

これを言えばもう取り返しはつかない。

バクバクと心臓が鳴る。息がつまりそうだ。言え。言え。言うんだ……！

「役立たずは必要ない」

言ってしまった。

声は震えていなかっただろうか。どちらにせよ、もう取り返しはつかない。

パァンと、高い音が鳴った。メイちゃんが俺の頬を叩いたのだ。その目には悲しいのか、悔しいのか涙を湛えている。

思わずその涙を拭いてやりたい衝動に駆られるが、自分が彼女を泣かせたのだ。その資格はないとギュッと拳を握り締める。

「貴方は変わったわ、フィーくん。昔の貴方はそんなんじゃなかった。誰もを思いやって引っ張っていく優しい人だった」

「いつまでも子どものままじゃいられないんだよ、メイちゃん。それに僕は変わっていないさ」

「――嘘つき」

メイは哀しみを目に溜め、悲しみと軽蔑を含んだ声色で言った。

「私はユウくんを追うわ。あの人を一人にしておけないもの」

「そうか」

「パーティからも抜ける。元々他の二人とはソリが合わなかったもの。ユウくんがいなくなって、貴方までそんな風に変わってしまったのなら、私はあそこにはいられない。いたくない」

「……そうか」

メイちゃんならそうすると思っていた。

俺は俯く。

「さよなら、フォイル。私は貴方のこと大切な幼馴染だと思ってたわ」

決定的な別れの言葉。そのまま自分の横を通り過ぎようとした時にポツリと呟く。

「……メイちゃん、ユウを頼んだ」

驚いたように振り返ったメイから逃げるように俺はその場から立ち去った。

（……あぁ、初恋は実らないっていうけどこれは辛いな）

走りながら、叩かれた頬よりも心の方がズキズキと痛かった。

人気のない路地で一人座り込む。

「はぁ……はぁ……ふふ、ははは。ははは……ぅ、ぅあっ……あぁぁ……」

泣き声はあげない。

これは自ら選択したことだ。だから。

ユウのことはメイちゃんが一緒なら大丈夫だ。支えとなってきっと道を照らしてくれる。

俺も……大丈夫だ。

俺は大丈夫。

だいじょうぶ。

だから泣くのはこれが最後だ。後は最後まで己の役割を全うするだけなのだから――

◇

ユウに続きメイまで辞めたことへのグラディウスとメアリーの反応は簡素なものだった。

「何も出来ない木偶の坊がこのパーティに相応しくないのはわかる。強さこそが正義だ。そんな弱い奴についていくあの女も所詮その程度のアバズレだったということだ」

「元々平民風情が栄えあるわたくし達勇者パーティで肩を並べることがおかしかったのですわ。特にあの貧民の女は、わたくしと同じ魔法使いでしたから目障りでしたわ。あ、勿論フォイル様は別ですわ！　貴方は魔王を倒す人類の希望、勇者様なのですから！」

強さのみを全てとし、弱者を歯牙にも掛けないグラディウス。

貴族として、新たなステータスを得る為だけにこのパーティに参加したメアリー。

彼ら二人は自分達こそが魔王を打ち砕く勇者パーティであるという愉悦に浸り、民を見下している。ユウのことも裏で虐めていた。だからそんな彼らが世界を救うと驕っていることに吐き気が起きる。

だが、それは俺も同じだ。俺も勇者という名を偽っている。それでも今の俺は勇者なんだ。だからこそ演じる必要がある。

「そうだな、人々の為に弱い者は必要ない。僕達が世界を救わないと」

本心を隠して俺は笑う。

偽りの笑顔を貼り付けて。偽りの心で蓋をして。偽りの力で。

彼らと共に俺は旅を続けていく。その先に破滅があると知っていても。

最後まで俺は演じ続ける。

《この出会いは運命だ》

魔王軍との戦いは続いていた。

ユウ達がいなくなっても、魔王軍は変わらない。人々を襲い、国を滅ぼす。俺はそれを見過ごさず、勇者としての役割を果たしていった。

それでも、心の傷は癒えることはなくて。俺はその痛みから目を逸らすように戦い続けた。

そんな風に過ごしていたある日。

その出会いは、雲一つない月明かりが綺麗な夜だった。

俺はこの日、一つの国を訪れた。

そこで受けた勇者パーティの歓待を体調が悪いという名目で、途中で抜け出し、俺は一人城の背後にある森の中で鍛錬していた。

此処には煩わしい雑音がない。人の騒めき、媚びる視線、言葉、権力その一切から解放される。

深い森の中からは一際明るい王城が見える。民が明日の暮らしもわからない中、あの中では途方も無いほど豪華な催しがされているのだろう。

「ふっ！」

聖剣を振るう。ここには自分以外誰もいない。だから見られる恐れはない。俺は自分の放った剣筋を確かめ、溜息を吐く。

「ああ、また重くなって来た」

聖剣は本来勇者しか扱うことができない。それを俺が扱えるのはひとえに俺の職業が

『勇者』であるからだ。

偽であろうと勇者と名がつく以上最低限聖剣を扱えなければならないのだろう。最初の頃はそれこそ聖剣の名に相応しい切れ味と威力を持っていたが最近は段々と鈍のように斬れ味が悪くなってきた。

「【聖空斬】……これもダメか。自分にはその力は過ぎたものだってことか？　ったく、酷い話だな」

それに加えて、なんとこの頃の俺は技能の殆どが使えなくなってきた。

それを何とか手数と技術でカバーしてきたが、それもキツくなってきた。

聖剣自体の光も段々と弱まってきている。理由はわかっていた。

聖剣自体の力がなくなるのはあり得ない。ならば、原因は俺にある。それはつまり、本来の持ち主がそれに相応しい成長を遂げているということ。……ユウが強くなってきているということ。

風の噂でユウとメイちゃんはパーティを組み、各地で人々を救っていると聞いた。新たな仲間もできたと。公の場で俺が興味を示すわけにはいかないから、あくまで噂だが。

でも、それは事実だろうと俺は納得していた。

きっとその時は近い。

「いやぁあぁぁぁっ!!」

そんなことを考えている時、遠くから悲鳴が聞こえた。すぐさま鈍い身体(からだ)に鞭(むち)を打ちその場に向かう。

闇夜(やみよ)を駆(か)け抜(ぬ)け、その先にいたのは鋭く大きな爪(つめ)を持った狼(おおかみ)のようなもの。だがそれを生物だというには余りにも異様な雰囲気。

「魔物だと⁉」

魔王の手先である魔物。

はぐれか、それとも倒し零(こぼ)した奴か。

一人の少女が今にも魔物に切り裂かれようとしているところだった。

その姿があの時のユウと重なった。

気付けば身体はもう動いていた。

「間に合えッ!!」

〈グォオォオッツ!!〉

少女に向かって振り下ろされた爪を聖剣で受け止める。

聖剣の切れ味が鈍い。身体の動きが重い。技能(スキル)も使えない。だが……!

ちらりと背後の女の子を見る。彼女は怯(おび)えていた。俺が倒れたらこの子に危害が及ぶ。

ここで引くわけにはいかない。

見捨てるわけにはいかない……！

「グオォォオォォォォォオォッッ!!」

声を張り上げ、力を込める。聖剣で魔物の爪を押し返し、そのまま体勢を崩した魔物の心臓に聖剣を無理矢理押し込み、力業で破壊する。

魔物は短い苦悶の声を出して倒れた。

「はぁ……！　はぁ……！　昔なら簡単に首を刎ねられたのにな……」

技能のない俺では魔物一匹にも必死だ。

うまくいかない身体に鞭を打ち悲鳴をあげた少女に振り返る。

「君は、その耳まさか」

……驚いたな。

助けた少女はエルフだった。最早、噂でしか聞かない伝説の種族。

月光を反射しキラキラと光る金髪に、作り物めいた美しさ、そして何より目立つ長い耳。

どれもが美しい。

ぽかんと俺のことを見ていた彼女は、助かったのだとわかるとお礼を言い始めた。

「た、助けてくれてありがとうございます！　あの、その白い聖なる光を放つ剣、話で聞いたことあるのですが、もしかして貴方は勇者様なのですか？」

彼女の視線は聖剣へと向けられている。聖剣を持つ存在といえば一つしかないだろう。

だが、疲れから俺はつい言ってしまった。

「いいや、俺は只の偽物さ。決して本物になれない」

「え？」

ハッとする。しまった本音を漏らしてしまった。すぐに誤魔化すように笑みを浮かべる。

「何でもないよ。そうさ、僕が勇者フォイル・オースティンだ。無事で良かった。君の名は？」

「えっと、わたしはアイリスというのです。この森の奥にある里に住んでいるエルフで、薬草を取っていたらつい迷ってしまって……そしてあの恐ろしい生き物に」

「そうか……ならすぐに里に戻った方が良い。さっきのは、魔物と言ってね。勿論、それも危険だがこの国はそれ以上に欲深い獣がいる。君みたいに可愛らしい女の子にこの場所は危険だ」

「か、かわっ……うぅぅ」

アイリスちゃんは顔を真っ赤にして俯く。その様子が可愛らしくてつい俺は笑ってしまった。そうするとアイリスちゃんはむっと頬を膨らませてそっぽを向いてしまう。

可愛らしく素直な子だ。

「里まで送って行こう。立てるかい？」

「あ、はい。でも、エルフの里に人を入れてはいけないと長老が」

「なら里の前までにしよう。君を一人にしてまた何かあったら大変だからね」

「むぅ、子供扱いしないで欲しいのです！　わたしは貴方よりもお姉さんですよ！」

「そうかそうか。ところで飴いるかい？」

「はい！　……あっ」

ハッとし、耳まで赤くするアイリスちゃん。俺は笑いながら飴をあげて一緒に並んで歩く。

「全く全く。年上を揶揄うだなんて罰当たりなのです。でもこの甘い飴に免じて許してあげます」

「そうか、ありがとう。流石はお姉さんだ、心に余裕があるね」

「当然です！　わたしはそう！　お姉さんなんですから！　……あの、フォイル様って勇者なんですよね？」

「様って言われるとちょっと恥ずかしいね。別に呼び捨てでも良いよ」

「それは流石に……なら、フォイルさんって呼びます。あの、さっきも言いましたが、わたしを助けてくれてありがとうございます」

改めてアイリスちゃんは頭を下げる。

良いって言ってるのに本当にしっかりしている子だ。けど、そこまで言われると俺もちょっと恥ずかしくなってくる。

「本当に気にしなくて良いよ。無力の人々を魔物から守るのは『勇者』である俺の使命だから」

「だけどあんな恐ろしい魔物、わたしは見ただけで腰が抜けてしまいました。人々を守るためとはいえ、あんなのに立ち向かえるだなんて……フォイルさんは怖くないんですか？」

怖い。怖い……か。

今尚(いまなお)覚えている、幼い頃に魔物に襲われた記憶。あれは未(いま)だに俺の心に焼き付いている。

魔獣も魔物も、恐ろしい。だけども。

「そうだね、怖いさ。でも誰かがやらなきゃならないことなんだ。誰かがやらなきゃ……」

そうだ、職業が全てなのだから、これはやらなきゃいけないんだ。

だから俺の『偽りの勇者』としての役割も、俺自身がやらねばならない。

「それに戦う力があるのなら、誰かを救うために使おうと思うのは当然じゃないかい？」

「……そんなこと考えもしませんでした。力があっても自身の身を守るために使おうとしか思いませんでした」

「勿論、それも悪いことじゃ無い。けど、どうしても戦えない人がいてその人を助けることが出来る力があるのならば、俺はその人を助ける為に使いたいんだ。ははっ、ごめんよ。偉そうに語ってしまって」

「いえ、その、凄く立派なことだと思います」

「……そうか。ありがとう」

彼女の言葉に俺は照れたのを誤魔化すように頬を掻いた。

「あの、お聞きしたいんですけど……。あっ、もし失礼ならお答えしなくて良いですっ」

「良いよ。なんだい？」

「えっと、その森の外ってどんな所なんですか？　わたし、森の外に出たことなくて……それで、本当は薬草を採取していたんじゃなくて外の世界を見てみたいなってこっそり森の外に出たらさっき、えと魔物？　に襲われちゃったんですけど……」

徐々に言葉が小さくなり、ショボンとする。

成る程。あんな所にいたのはそれが理由だったのか。

「ははっ、そうかそうか。それは確かに軽率が過ぎたかもしれないね」

「むぅ。確かにフォイルさんからすればお馬鹿なことをしたと思えるのでしょうけど……」

「いや、わかるよ。俺も昔、若気の至りで夜に村の外に出てしまったことがある。そこで魔物と遭遇したことがあった」

「えっ、大丈夫だったんですか⁉」

「あぁ、騒ぎを聞きつけた大人達が来てくれてね。あの後かなり怒られたよ」

今となっては懐(なつ)かしい思い出だ。

あの日から俺は……自分が恥ずかしいと思ったんだ。

口だけじゃなくて、本当に勇者になろうと思った。

まぁ、実際は……っといけない、自虐(じぎゃく)が過ぎたか。

アイリスちゃんに気付かれていないかと確認すると彼女は俺の顔を見ていた。

「あの、先程俺って……」

「あっ。しまったな、普段は僕とか私とか言っているけどこっちが俺の素なんだよ。けど、それじゃ権力者の方々と会う時に少しね。秘密にしてくれるかな？　その代わり、俺が知る限りの外のことを教えるよ」

「は、はい！　よろしくお願いします！」

それから俺は出来うる限りのことをアイリスちゃんに話した。アイリスちゃんは俺の話に頷き、そして時折目を輝かせた。その反応は見ている俺も楽しかった。

そんな風に会話しながら歩いて、気付けばあっという間だった。

「もう着いちゃいました……」

「そうか」

俺には見えないが、もう此処はエルフの里の近くらしい。幻術か、それとも別の力か。

俺には同じ森にしか見えないが、アイリスちゃんにはわかるらしい。

「それじゃあ、此処でお別れだね。もう不用意に里の外に一人で出てきたらダメだよ」

「はい、その、ご迷惑をおかけしました」

「気にしなくて良いさ。短い間だったけど話せて楽しかったよ」

ニコリと笑うとアイリスちゃんは、ポーッとした顔で俺を見た後ワタワタと何かを探すような動作をした。そして何やら髪を触る。

「あ。あの！　これ！」

「ん？」

アイリスちゃんの手には一輪の花があった。

「わたしの髪につけていたものです。あの、よく考えたらお礼だけでわたし貴方に何もお返ししていないって思って。でも、その、わたし里の外に出たことがありませんからお金とかは」

「ありがとう、十分だ。君だと思って大切にするよ」

無くなった花飾りの部分の頭を軽く撫でる。サラサラとした心地よい感触だった。アイリスちゃんは気持ちよさそうに身を委ねてくれる。

「それじゃ、元気でね」

名残惜しげに髪から手を離す。

これ以上一緒にいると情が湧いてしまう。

別れを告げ、立ち去ろうとする。

「あ、あの！」

だけど俺の思いとは裏腹に再び呼び止められる。

「わたしまた貴方に会いたいです！　だから絶対に会いに行きますから！」

大声でまた会いたいと叫ぶ彼女。だけど、ごめん。俺はもうここを訪れないし、恐らくその頃には俺はもう……。

だから俺は顔を見られないよう振り返らず、手だけを振ってその場を立ち去った。


アイリスはそんなフォイルの背中をずっと見つめていた。

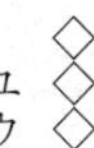

ユウとメイちゃんが勇者パーティを抜けて早いもので一ヶ月が経った。その間も俺達の旅は続く。

だがユウとメイちゃんが抜けたことでグラディウスとメアリーの行動に歯止めが掛からなくなった。

とある町。その町は魔王軍によって襲われている最中だった。

「きゃあぁぁぁ！」

「魔王軍だ！　こんな所にまで来るなんて！」

現れた魔物で構成された魔王軍はその町のスラムから出現した。すぐさま俺達は現場に向かい、人を襲う魔物を斬り捨てる。

「はぁっ！」

〈ゴボバァッ〉

俺は襲いくる魔物を聖剣で一閃する。

今の俺でも倒せるほど弱いが、数が多い。これでは守りきれない。俺は声を張り上げた。

「このまま教会の方に向かうんだ！　そこならば防御を固めていてそれに魔物もいない！」

「は、はいっ」

「グラディウス！　メアリー！　すぐに人を襲う魔物を倒すんだ！」

「はんっ、まぁこの程度なら問題ないな」

「やれやれですわ。わたくしの可憐で華麗な魔法で全て燃やし尽くしてあげます」

「行くぞ、勇者としての使命を果たす!!」

グラディウスとメアリーは性格に難はあれど、その力だけは圧倒的だ。

俺は力だけなら二人を信頼している。だから、付近を任せ逃げ遅れている市民を優先的に助ける。

◇

ドォッと魔物が血を噴き出して倒れる。

此処を襲っていた魔物はこれで最後だ。周りに魔物がいないことを確認して俺は息を整える。

「住民はこれで殆ど避難出来たか……？」

「フォイル様」

「あぁ、メアリーか。そっちはどうだった？」

「ええ、まぁこの程度の相手わたくしの相手ではございませんわ。グラディウスも別の所で暴れています。本当に野蛮人ですわね」

「そうか。なら――」

「うわぁぁぁん‼　ママァア、たすけてぇっ‼」

悲鳴が上がる。

見れば子どもが魔物の側にいた。隠れていた所を別の魔物に見つかったらしい。

俺はその子を助けようと駆け出――

「【燃えよ、その苛烈で鮮烈な炎を以って汚らわしい輩を燃やせ、炎の竜牙】」

突然隣から迸った炎が魔物を燃やし尽くした。

人質となっていた子どもごと。

「なっ、メアリー何故撃った⁉　子どもがいたのが見えなかったのか⁉」

「？　だって汚らわしいではありませんか。所詮スラムに住む人間などゴミに過ぎません。焼き払って何の問題が？」

「ぐっ！　君はわかっているのか⁉　助けられた人一人の命を奪ったんだぞ⁉」

「良いではありませんか。どうせ大した職業もない子どもでしょうし」

「君はっ」

「あぁぁぁぁあっ!!　嘘ようそぉぉっ!!　ミリアッ、ミリアァァァァッ!!」

言い争う俺らの隣を一人の女性が駆け抜ける。

女性、いや母親がもはや焦げた死体となった子どもを火傷も恐れずに抱きしめた。そして息がないことを確認しそのまま泣き崩れる。

「あぁ、巻き込まれたんですの。まぁ、平民ですから何の問題もないでしょう」

「メアリー、君は……！　はっ」

その言葉に嘆いていた母親が近くにあったナイフを片手に立ち上がる。

「娘の仇ぃぃ!!」

母親はそのままメアリーに向かって走ってくる。

その様子にメアリーが杖を構える。まさか燃やすつもりか!?

俺はその前に前に出て、女性から武器を手放させ拘束する。

「あら、勇者様。私を守ってくれたんですの？　さすがは勇者様ですわ、素敵！」

メアリーは無邪気に喜ぶ。一方母親の方は憎しみに満ちた目で俺を見上げてきた。

「なんでっ、勇者様なのにぃ!!　勇者なら私の娘をっ、ミリアを返して。返してよぉ……！」

「それ……は」

違うんだ。俺は勇者ではない。俺は……偽物なんだ。その後も喚く母親の騒動を聞きつけたのか騎士達がこちらに訪れた。

「勇者様、何事ですか？」

「あら貴方達良いところに。この不届き者が無礼にも私に対して反旗を翻し、害そうとしましたわ。すぐに処罰しなさい」

「はっ。勇者様。それをこちらに」

「待ってくれ、彼女は娘を失ったことで錯乱している。だから落ち着く場所で療養を……」

そう思った俺が見たのは騎士が女性の首を切り落とした所だった。

「ば……かなっ、何故殺した⁉」

「？　何を言ってますの。良いですか、フォイル様。この世では平民が貴族に逆らうなんて許されないことですわ」

「そうです、勇者様。たかだか一人の平民の命など、貴方様方に働いた不敬を考えればとるにも足りません。我々は【騎士】なのですから有象無象の職業の奴らと比べても、天と地ほどの差があります」

「だからって……！」

殺すまでのことか。

だが騎士とメアリーの目には何の罪悪感もない。寧ろ怪訝そうにこちらを見ている。

なんだこれは。

なんなんだこれは!?

勇者、騎士とは民(たみ)を守る為にあるのだろう。それがこんな。

彼女らは親子を殺したことに何の疑問も抱(いだ)いていなかった。

「はっ!?」

周りを見る。

民達は俺達のことを、魔物以上に恐怖と怒りの目で見ていた。


別の国。

戦場と化した街の中。俺は街に侵入(しんにゅう)したまた別の魔族と戦っていた。

「ふっ！」

「ガァァァッ！　オノレェ……勇者メェ！」

狼に似た魔族を聖剣で斬り裂く。奴は恨(うら)み言を言いながら息絶えた。

「これでこっち側にいた魔族は全て……。後はあそこか」

視線の先にはまだ多くの魔族と魔物がいる。

体が少しずつ思い通りに動かなくなってきた今の俺には少し荷が重そうだ。

「ん？　あれは……グラディウスか？　それに一緒にいるのは……っ！」

その時、視界に見慣れた姿を見つけた。見ればグラディウスが率いているのは槍を持っただけの平民達だった。

馬鹿な、彼らはここから退避したはず。何故ここにいる⁉

「お、お待ちください！　民達は最早疲労困憊です。このままでは魔族と戦うことなど不可能です！」

「喧しい！」

「ぎゃぁぁ！」

「弱いんなら黙って俺に従え！　弱い者は搾取されるのが道理だろうが！　続け！　お前らは囮となって魔物を引き付けろ！　行かないならば俺が殺してやる！」

「う、ううう……！　うわぁぁぁぁ！！！」

沢山の平民達が魔物へ突撃する。

当然勝てるわけがなく、沢山の命が散っていった。

だがその代わり魔族の網に穴が空いた。

「はははははっ！　やれば出来るではないか！　行くぞ、敵の強い奴を倒す。手柄は俺が貰う！」

そのまま平民達を放置し、グラディウスは率いる騎士らと共に突撃する。平民達を歯牙にも掛けず。

俺は民に群がり死体を食(く)らおうとする魔物を聖剣で斬り倒(たお)した。殆(ほとん)どがもう息をしていない。だけど辛(かろ)うじて息のある人が一人いた。

「無事か⁉　今すぐ人をっ」

「あぁ……あなたは勇者様……。教えてください……我々の死に、何か意味はあったのでしょうか……」

「それは」

「我々は……何のために……エミー……アレス……」

「待て！　逝(い)くなっ！　おい！」

誰かの名を呟(つぶや)き、がくりと目の前の男の力が抜ける。何度も呼びかけるも二度と彼の目が開かれることはない。

「何が……勇者だ……俺は目の前で消え行く命を一つも……！」

彼らが犠牲になったのは俺のせいだ。昔と違って、思い通りに体が動かないせいで。

魔王軍の侵攻は退けた。だが、代わりにまたも瓦礫(がれき)の山となった都市の上に俺は一人佇む。

俺は見てきた。
人の素晴らしさと光の強さを。
俺は見てきた。
人の愚かさと闇の濃さを。
俺は見てきた。
俺は見過ごしてきた。
魔王軍は人類にとって不倶戴天の敵であるのに変わりはない。
だけどもその人が人を傷つけもしている。
俺は『偽りの勇者』。魔王と戦うことも出来ず、人を救うことも出来ないただの偽物。
俺は何の為に戦っている。
俺は誰の為に戦っている。
わからない。わからない。
悲鳴が聞こえる。憎しみが聞こえる。悲しみが聞こえる。恨みが聞こえる。

砕けそうなほどに心が軋み、悲鳴をあげる。いっそのこと正気を失ってしまえばどれほど楽だろうか。

全ての景色がもはや灰色に見えてきた。

騙すことで、心を痛めるくらいなら。

ならばいっそこのまま……。

そんな暗い考えが過った時、あのエルフ……アイリスちゃんから貰った花が胸ポケットから、聖剣の上に落ちた。

「聖剣……そうか」

ユウとメイちゃん。

何よりも大切な俺の幼馴染。彼らは今、『真の勇者』としての道のりを順調に歩んでいる。伝聞も何もないが、次第に黒くなってきた聖剣がそれを証明している。

君達は絶対に来てくれる。君達なら俺を……。

だったら大丈夫だ。

俺はまだ演じられる。

花を拾いあげる。幾つもの戦場を渡り歩いてきたが、花は返り血の一つも浴びずに綺麗に咲いたままだった。それがあの時助けたアイリスちゃんの笑顔を思い出させ、少しだけ心が軽くなった。

都市を襲った魔王軍は壊滅した。

俺は魔王軍によって壊滅した都市を眺める。

民は悲しみに満ちている。当たり前だ、生きていく希望がないのだから。彼らには明日への希望がない。

彼らには希望が必要だ。

生きる為の原動力となるものが。

俺では彼らに希望を与えられない。

絶望は魔王軍が与えた。

ならば俺は彼らに怒りを植え付けよう。憎しみによって彼らに生きる力を与えるのだ。

「聞け！　この街に住む民達よ！」

民達が俺を見上げる。

「今回の魔王軍の侵攻は防ぐことが出来た。その代わり多くの民の死者が出たが彼らの犠牲は仕方がなかった！　何故ならこの世は職業が全てであり、上位の職業を持つ者に下位の職業を持つ者は踏み台として切り捨てられる運命だからだ！」

彼らは家族を、友を、恋人を殺された。

それを仕方がなかったの一言で済まされるだなんて到底受け入れられない。此処にはもう魔王軍はいない。だから、代わりに俺が憎しみの的となろう。

彼らの空虚な瞳に炎が宿る。

怒りと憎しみという名の炎が。

そうだそれでいい。

俺の名を覚えろ！

俺のことを忘れるな！

そして俺を憎むんだ！

それでこそ希望はより輝くのだから！

「何故なら、僕が勇者フォイル・オースティンだからだ！　魔王は僕が滅ぼそう。だから安心して君達は世界の、僕達の為に死んでくれ！」

グラディウスが頷く。

メアリーが笑う。

俺も何処までも愉快そうに演じた。

『真の勇者』に倒される偽りの勇者として、俺は最期まで敵役を演じよう。

だからユウ、その時は俺をちゃんと——殺してくれ。

《『偽りの勇者』として》

「勇者様！　何故父と母を救ってくれなかったのですか⁉」

「勇者様、どうして私の家を焼いたのですか⁉」

「勇者様、助けてくれるのではなかったのですか！」

「勇者様、俺の故郷を何故見捨てたんですか⁉」

「勇者様」

「勇者様」

「ユウシャサマ」

「勇者っ」

「ゆーしゃさま」

「勇者様」「なんで」「嘘だったのか」「助けてくれるって言ったのに」「どうして」「なんで」「勇者なのに」「見捨てないで」「やめて」「娘を連れて行かないでくれ」「息子を助けてください」「いやだ」「許して」「助けて」「助けて」「助けて」「助けて」「助けて」「勇者なのに」「勇者だろ」「勇者なら」「勇者であるならば」「勇者だったら」

『嘘つき』

「っ……！」

飛び起きた俺はガタガタ揺れる車内に、此処が馬車の中であることを思い出す。冷や汗が止まらず、動悸も激しい。

俺は落ち着くように手の平で顔を覆った。

……夢、か。

「どうしたんですの？」

同じ馬車に乗っていたメアリーが手に持つ宝石から目を外し、首をかしげる。

「あぁ、いや。馬車の振動で起きてしまっただけさ」

「確かにこの馬車の質は悪いですわね。貴族たるわたくしが乗る物ではありませんわ」

「はんっ、お貴族様が言うことは違うな」

「黙りなさい、野蛮人」

「んだとごらぁ!?」

メアリーとグラディウスの二人は、喧嘩を始める。

これもまた何時ものことだった。

ユウとメイちゃんが居た頃はなかったけどお互いにお互いのことが気に入らなかったみたいだ。二人がいなくなったことでその不満が互いに向けられるようになったのだ。

いつもなら仲裁していた俺も、先程の悪夢のせいでその気力も無くなってしまっていた。

「野蛮人は放っておくとしてフォイル様、そろそろ調子を戻してもらわないと困りますわ。最近は少しばかり弛んでいるのではなくて。前の戦闘でも少しばかり他の方々から苦言を頂きましてよ」

「それは……すまない。最近少し疲れていてね」

「まぁ、確かに魔物の襲撃が多いのは確かですわ。わたくし達もかなり駆り出されていますし。あぁ、嫌ですわ。またお肌の手入れに時間がかけられないのですもの」

「クソが、魔王軍のやつらめ、調子こきやがって。それにあの穀潰しどももだ。自ら戦わず、助けばかり請いやがって」

「そのことに関しては不敬として二、三人見せしめとして首を刎ねさせておいたのですから良いでしょう。平民は平民らしく我々貴族の為だけに存在しとけば良いのですわ。本当でしたらわたくしこの依頼を受けることに不服なんですけど……」

「仕方ないさ。立ち向かった騎士団も誰も勝てなかったんだから」

俺達が向かう先は魔獣に襲われているという村だ。

普通なら魔物ではなく魔獣相手に、勇者は駆り出されないのだけど、その魔獣とやらが余りに強くまたいくつもの村が滅ぼされているので、訪れた国が直々に頼んで来たのだ。

魔物は、その名の通り魔王が造り出した生き物の総称だ。

一方で魔獣は、人間と同じく魔力を持つ生き物のことだ。魔物と違い、人や自然に対して有害で汚染する魔瘴を生み出すことはない。

だが魔物だろうが、魔獣だろうが人に被害を出すのであれば、助けを求める人がいるのならば救ってみせる。

俺は頭の痛みを抑えながらも村が無事だといいなと思っていた。

「何、だと？」

「この気配、まさか⁉」

「どうなってやがるこれは⁉」

だが俺達の予想は外れた。

そこに居たのは魔獣ではなく、三人の並々ならぬ存在感を放つ魔族だった。

一人は、バチバチと体の至る所から放電する、長い獣の尾を持つ純白の体毛の男。

一人は身体中をゆったりとした黒衣で包み、男か女かもわからない体躯をした青白い氷の花に乗る者。

一人は、見るだけでわかるほど鍛え抜かれた巨躯に外套を羽織り、天を貫かんばかりに聳える角。

「『迅雷』のトルディオン・ロイドだ」

「『氷霧』のスウェイ・カ・センコ」

「……『豪傑』のベシュトレーベン。我ら、八戦将」

――魔王様の命により、貴様達を抹殺する。

「ヌゥン！」

「ぐうっ……！」

ベシュトレーベンと名乗った八戦将が放つ剛腕の一撃を避けきれず、俺は聖剣の側面で受け止める。それでも勢いを殺すことができず、耐え切れずに何度も地面に転がる。

なんて重い一撃だ……！　自ら防御に合わせて後ろへ跳ばなければ腕をへし折られていた。

「脆弱、軟弱、貧弱。此度の『勇者』がまさかここまで弱いとは。見るが良い。貴様らの仲間も、もはや死に体だ。勝ち目などなし」

ベシュトレーベンと名乗った鬼を彷彿とさせる魔族は、地面に這いつくばる俺とは対照的にしっかりと大地に立ちながら言った。

ちらりと二人の様子を見る。

「があぁ⁉　俺の腕があぁ！！？」

「ははは！　どうした⁉　ええ、おいさっきまでの威勢はどこにいった⁉　腕を失ったことは仕方がねぇさ、オレと比べてお前が遅すぎるんだ！」

「嘘よ、嘘よ⁉　なんでわたくしの炎が氷如きに負けるんですの⁉　ありえない、こんなの、優雅でもなんでもない！　あってはなりません‼」

「つまらないわ。大層、ご自身の魔法に自信があったようだけど、此方の氷には敵わないようね。期待はずれ」

グラディウスは『迅雷』と呼ばれたトルディォンの手から放つ【雷撃剣】に接近戦で負け、

片方の腕を斬られていた。

メアリーは『氷霧』と名乗ったスウェイに得意の炎魔法を、異名通りの氷に全て防がれている。有利なはずの火が負けているのだ。酷く喚く声がこっちにも聞こえる。

剣同士の接近戦、炎と氷の魔法、どちらも自分に有利な土俵なはずなのに、負けている。余りにもレベルが違い過ぎる。

「それになんだ、貴様のその腑抜けた剣筋は。本当に『勇者』なのか？　……こんな奴に『爆風』は負けたというのか。つまらん、つまらんぞ。脆弱な」

失望したとばかりにベシュトレーベンは溜息を吐く。

そうだろう。奴から見れば俺の動きは殆ど止まって見えるだろうよ。

けどよ、こっちもいっぱいいっぱいなんだよ……！　身体は思い通りに動かないし、技能は使えないし、聖剣は重い。おまけに悪夢を見続けるせいかまともに体力も回復しない。

文句の一つでも言ってやりたいがそんなことを言っても負け犬の遠吠えにしかならないだろう。

「もはや興醒めだ。これ以上闘う価値もない。消えろ愚物」

ベシュトレーベンがもはや興味が失せたと肥大化した拳を振り上げる。先程よりも重く、速い一撃。

さっきのダメージのせいで躱しても間に合わない。

死ぬ。

「いや、まだだ!!」

――負けられない。俺はまだ死ねない！

ユウに聖剣を託すまでは俺は死ねないんだ!!

勝てなくても良い。怪我をしても良い。意地汚くたって良い。

聖剣アリアンロッド。

俺に『勇者』である資格がないだなんてわかっている。

それでも一撃だけあの時のようにこの窮地を脱するために動いてくれ……！

俺は走り、相手に向かって聖剣を振るう。正真正銘命を振り絞った一閃、ベシュトレーベンの拳より速いその一撃は、見事に奴の頬を斬りつけた。

「ぬ……これは血か？」

ベシュトレーベンは自らの頬から流れる青い血を触れる。そこには驚嘆があった。

だが代償に俺は今までの比ではないほど体に負荷がかかる。

「はぁ……！　はぁ……！　ぐはっ、ごほっごほっ！」

「もはや聖剣を振ることすらままならぬか。これは最後の命を燃やした一撃か。ならば見事。傷をつけられたのは久々だ」

「ははっ……褒めてもらえて嬉しいよ」

「我は先程貴様を脆弱と侮った。訂正しよう。貴様は強き者だ。強い意志を持つ者よ。故に敬意を表し全力で貴様を殺す」

　ベシュトレーベンからとてつもない覇気が放たれる。背筋に冷たい汗が流れて本能が警鐘を鳴らす。

　あれで本気でなかったとか、本当に化け物だな……！

「我が一撃、受け止めて見せろ！　〝咆王崩壊拳・鏖塵〟」

　今までの比ではない、強力な一撃。風を吹き飛ばし、地を破壊する拳。

　当たれば確実に死ぬ。

　俺はそれに向かって死力を尽くし駆け出した。ベシュトレーベンから見ればひどく遅い動きだろう。

　奴は俺が攻撃を受け止めると思っているだろう。だけど残念だったね。

　駆け向かった俺だが、突然身体を伏せてそれを全力で避ける！

俺の元いた位置にベシュトレーベンの拳が放たれる。

山を穿ち、地を裂き、厚い雲を割った。

余りの衝撃にビリビリと腹の底にまで轟く感覚がする。後少しでも遅かったら俺は身体すら残らず吹き飛んでいた。

「ははっ……あっぶねー」

「貴様……我を愚弄するか！」

「するわけないじゃないか。俺だってアンタと出来れば万全な状態で戦いたかったさ」

これは本心だ。戦ってわかった。奴には武人の心得がある。それに応えてやりたかった。

「でも悪いね、俺はアンタに倒されるわけにはいかないんだ……！　俺を倒すのはアンタじゃないんだ」

「何だと？」

そうだ。俺を倒すのはベシュトレーベンじゃない。ユウだ。

「ベシュトレーベン、アンタは強い。だからこそ、その強さを利用させてもらう！」

「何の……むっ!?」

ズズズと大きな音が鳴る。そして次第に音が大きくなっていく。ベシュトレーベンは驚いたように目を見開いた。

ベシュトレーベンの目には津波のような土砂が雪崩れ込んでいるのが見えた。

「この戦いはお前達の勝ちだ！　だけど、俺は俺の勝負に勝つ！」

これが俺の狙い。土砂崩れを起こすこと。

この辺りの地盤は酷く脆い。だから俺はあえて強力な攻撃を放つように挑発し続けた。

ベシュトレーベンにはそれだけの力があったからだ。結果奴は自らの最強の一撃を放ち、山は崩れ、大地は崩壊する。

奴らの勝利は俺を殺すこと。俺の勝利はこの場を切り抜けること。その差であった。

「グラディウス！　メアリー！　退くぞ！」

俺は隠していた煙玉をその場で撒いた。瞬く間に白い煙が辺りを包み込んだ後、すぐさまその場から逃げ出す。

俺達が居た位置には大質量の土砂崩れが襲いかかった――

◇

「あぁ、不粋。不粋ね。まさか『勇者』ともあろうお方が逃げ出すなんて。期待外れ」

暫くし、土砂崩れが収まった頃。

三人は『氷霧』のスウェイが形成した氷によって土砂崩れから身を守っていた。

ガラガラと盾になった氷が崩れる。

スウェイとトルディォンが砂埃を払う中、ベシュトレーベンは一人佇み、先程の言葉を考えていた。

『俺を倒すのはアンタじゃないんだ』

(あの言葉……)

「はっ、あんな負傷した身で逃げ出しても遠くには行けねぇだろう。今すぐ追いかけてぶっ殺してやる。おい、テメェ。いつまで立ってやがる。さっさと」

「もういい」

「はぁっ?」

「興が削がれた」

それだけ言ってベシュトレーベンはその場から立ち去る。

「ばっ、魔王様からの命令に逆らうのかよ!?」

「なら此方も帰ろうかしら。何も得るものがないもの。彼らは何も妬ましくない」

「ばっ、ちょっ、くそがぁ!　勝手にしやがれ!!　あんな、死に損ないオレ一人で始末してやる!!」

「あら、行っちゃった。意外と真面目ね、あいつ」

トルディォンは去っていく二人に舌打ちし、雷の速さでフォイル達を捜す。

しかし、彼がフォイル達を見つけることは叶わなかった。

◇

ベシュトレーベン達と戦った場所から程近い場所。

洞窟の中を俺達は進んでいた。地上ではすぐに見つかると考え、洞窟の中へ逃げてきたのだ。

「撒いた、か？」

追ってこない。そのことに俺は安堵した。流石にもう奴らと戦えるだけの気力も体力もない。まさにギリギリだった。

それにしてもまさか魔王が八戦将を三人も差し向けてくるなんて思いもしなかった。どうやら思った以上に向こうにとっては自分達が目障りらしい。偽物相手に随分と躍起になってることだ。

「……腕が……俺の腕が……」

「ありえないありえないありえないありえない。こんな無様な結果、わたくしに相応しくない。相応しくない。相応しくない……」

　二人は先程から似たようなことをブツブツと何度も繰り返している。ガタガタと身体を震わせ、目も正気ではない。完全に心が折れたのだろう。

　これでは生きて帰っても、もう勇者パーティとして動くのも無理かもしれない。

「そうよそう、何故あんな所に魔王軍の幹部がいるのよ。あの平民の兵士がっ、キチンと偵察(ていさつ)しなさいよっ。帰ったら必ず処罰(しょばつ)してやりますわ」

「くそ、クソクソクソクソクソ！！！　何故俺がこんな目に遭(あ)わなければならない！　俺は国一番の『剣士』だぞ!?　《獅子王祭(ししおうさい)》の覇者(はしゃ)であるグラディウスだぞ！！？」

「そうよ、グラディウス！　何ですの、あの様(ざま)は！　国一番の剣士だなんて貴方には過ぎた名声でしたわね！　精々二流が良いところですわ！」

「何だと!?　貴様とてあの魔法使い相手に手も足も出ていなかっただろうが！　例のアバズレ女の方がまだマシだった！」

「私をあんな平民と同じにしないでくださいまし！　穢らわしい！　やはり、貴方も所詮(しょせん)剣の腕で成り上がっただけの平民ですわね！」

「なんだと貴様！」

　二人は責任を押(お)し付けあっている。彼らは認めない、認めたくないのだろう。高いプライドが敗北という事実を認められないのだ。

（俺達は……弱い）

見せつけられた歴然とした差。

その事実に俺は歯を食いしばる。俺は二人の喧嘩する声を聞きながら、痛む体を押さえて歩いていった。

数日かけて歩いて街に帰ると騎士達が武装した状態で出迎えてくれた。

先頭には、この街の騎士団の騎士団長がいた。

「おかえりなさいませ、勇者様。村はどうでしたか？」

「あぁ、すまない。村は既に壊滅していた。更には魔王軍の八戦将がいてそれに不覚をとった。すぐに報告してくれ」

「八戦将が？　それはなんと。すぐに上層部に報告しなければ」

「あぁ。奴らが何を企んでいるかはわからないがろくなことではないだろうから」

「ええ、勿論です」

「それよりも貴方達、さっさとわたくし達を中に入れなさい！　それと偵察に出した輩を出しなさい。そいつらのせいでわたくし達は負けたのよ！」

「……」

騎士団長はメアリーの言葉に耳を貸す様子がない。おかしい。町を出る前はそんなこと無かったはずだ。

待て……何か妙だ。彼らは何故、緊張しながらも敵意を向けている？

「それで勇者様、貴方は我々に言うことはありませんか？」

「あぁ、八戦将を倒せなくてすまない」

「いえいえ、そのようなことではございません」

「？　質問の意味がわからないのだが……」

「わからないですか、ならばこう言いましょうか。――よくも騙してくれたな偽物の勇者！」

一斉に騎士達が得物を向ける。

「な、何のつもりだ貴様ら！」

「不敬な！　勇者パーティであるわたくし達にこのような暴挙、あるまじき無礼よ！」

グラディウスとメアリーが困惑する。周囲の騎士達は憎しみのこもった目で見ていた。

その中で俺は一人安堵していた。彼の言った偽物という言葉に。それはつまり、

「教会より【神託】が降りた。『真の勇者』が現れたと。その名はユウ・プロターゴニスト！　貴様が追い出した男の名だ！　そして、フォイル・オースティン！　貴様が偽物だということもな！」

――やっとこの時が来た。

その時、俺は笑みを浮かべていた。

◇◇◇

辛くもあの場から逃げ出した俺だがあの後、各国を挙げての俺の捜索と討伐が発令された。

罪状は『勇者』の詐称、及び聖剣アリアンロッドの窃盗である。

追っ手として迫る騎士と兵士達。

更にそこで勇者という名目で虐げてきた民達から復讐を受けたのだ。憎しみと怒りを宿した民に追われる俺達。

グラディウスとメアリーとは途中で散り散りになった。彼女らの最後の言葉は「嘘つきめ！」だった。

彼らの末路は風の噂で聞いたが酷いものだった。

グラディウスは八戦将の『迅雷』との戦いで片手を失い、本来の力を発揮できないまま数の暴力で拘束され、最期には彼自身よりも弱い人々に殺されたと風の噂で聞いた。その多くが彼によって家族を奪われたものの恨みだった。

メアリーは、貴族ということで一時期は保護されたが、尚も民を顧みない生活で民への蔑みを隠そうともせず、更には貧しい親子が馬車に轢かれた際に言った一言で民衆からの怒りを買い、反乱。流石に庇いきれず彼女の家は取り潰し、彼女自身断頭台に送られ、処されたと聞いた。

まぁ、そんなものだろう。勇者パーティは人々の希望。

民からの支持を失えば、瓦解する。そんな単純なことにあの二人は気付かなかったのだ。

俺も結局あの二人の価値観を変えることが出来なかった。それだけが心残りだ。

元々段々と聖剣の力を失いつつあった俺はただの魔物ですら苦戦するようになり、国や民からの信頼が失われつつあった。

だがそれでも自分達の横暴が許されていたのはひとえに勇者パーティという肩書きがあったからだ。だがそれももはや過去のこと。

今回の『偽りの勇者』であるという暴露で完全に俺達の評判は地に堕ちた。だからこの結果は当然なことなのだ。

だけど、そうだな。

良い人とは言えない彼らだったけども、それでも結果的に俺が彼らを道連れにしてしまったようなものだ。

そのことに関しては、俺は否定しようもなく彼らの言う通り嘘つきだ。

そして彼らが好き勝手にした報いがきたように、その報いは俺にも必ず来る。

「はぁ……はぁ……、ははは。堕ちる所まで落ちたね、これは」

とある見晴らしの良い崖。

もはや真っ黒に黒ずんだ聖剣を片手に、追っ手の兵士を誰一人殺さずに撃退した俺は膝をつきたい衝動に駆られながらも必死に立つ。

「それにしても魔物まで来るだなんて。どうやって居場所がバレたんだろうか？　周囲の人の暮らす地域に被害がなければいいが」

どれだけ戦い続けただろうか？　半月？　一ヶ月？　もはや時間の認識が曖昧だ。

俺はずっと戦い続けた。教会からの刺客と。国からの追っ手と。聖剣を狙う魔族と。その全てを撃退した。国はともかく何故、魔族までもが俺の正確な居場所を突き止められたのかはわからないがそんなことは今更関係ない。

荒い息を整えるために空を仰ぐ。

「あれは、鳥か？　ハハッ、俺の死肉でも狙っているのか？」

空を仰ぐと、自由に空を飛ぶ鳥らしきものが見えた。

鳥は自由に空を飛んでいる。それがどうしてか、すごく羨ましく見えた。

「はぁ、はぁ……あ？」

疲労のあまり倒れそうになる俺だがそれを見た時、止まった。

「あぁ、やっと来たのかよ。ったくおせぇんだよ。全くな。……はは」

膝をつかない理由は遠くからこちらに向かう影が見えたからだ。

最も俺自身が望んだ人物——ユウが。

「……ユウ」

「……フォイルくん」

一年ぶりの幼馴染との再会。後ろには一年前よりも綺麗になったメイちゃんと自分の知らない数人の男女がいた。恐らくユウの仲間だろう。

本来なら会えたことを喜びたかった。だが互いに大きく状況が変わってしまった。そのせいか名前を呼んだだけで暫し、無言になってしまう。

「……驚いた、会わない間に随分と立派になったじゃないか。衣装も、筋肉のつき方も、雰囲気も見違えるように立派になった」

「そう、だね。あれから色々あったよ。フォイルくんからパーティを追い出された後、引きこもったりもした。だけどメイちゃんが檄を飛ばしてくれて、クリスティナちゃんが僕を勇者だって言ってくれて、仲間が僕を支えてくれた。僕一人だったらあの後村に帰っていたと思う」

笑うユウには昔の面影はあるが、その目からは強い意志が見られた。

「フォイルくん、僕は勇者らしいんだ。僕は、人々を救わなければいけない。だから聖剣を渡してくれないか？　そうすれば、君を倒さなきゃならない理由がなくなる」

そのことに俺は驚いた。ユウは返せ、ではなく渡してくれと、対話で解決しようとしているのだ。

「確かに君の仲間、グラディウスさんとメアリーさんは残念だった。僕が着いた時にはすでに、人々によって……。でもフォイルくん。君の悪い噂はあまりないんだ。だからこそ、投降してくれ。僕からも神殿に懇願する。決して悪いようにはしない！　だからっ、だから……！」

「……はは、変わらないな君は」

「え？」

ポツリと呟いた言葉はユウには聞こえていないようだった。

ユウは全く変わらないあの頃と同じ優しい男のままだ。

だがそれじゃだめなのだ。

ユウには、実力で聖剣を取り返してもらわなければならない。

そうだ、俺は敵役（アングレシャス）。勇者の前に立ち塞がる敵だ。敵は倒されねばならない。

さぁ、最後の芝居（しばい）だ。

「ははは！　断る。何故なら僕が勇者だ！　何故お前みたいな雑魚（ざこ）に聖剣を渡さなければならない。女神から選ばれたのは誰でもないこの僕さ！」

「何を言っていますの！　真の勇者はユウさんです！　貴方（あなた）みたいな偽物とは違います！」

「へぇ、何故ユウが勇者だって言われているのか気になっていたのだけど……君か」

睨（にら）みつけると神官（プリースト）の女の子はか細い悲鳴をあげる。そんな彼女の前に立つのはメイちゃんだった。

「クリスちゃんを傷つけようとするのは許さないわ、フォイル」

「あぁ、メイちゃんか。一年前と比べてまた一段と綺麗になったな」

会えなかったのは一年くらいだが、それでもメイちゃんはとても綺麗になった。彼女は、ボロボロの姿の俺を見て息を呑（の）む。

「っ、お世辞は結構。それよりも早く聖剣をユウくんに渡しなさい。それはユウくんの物よ。だから、そんな姿になってまで持とうとする必要なんてないっ」

言葉の端々（はしばし）から俺を労（いた）わろうとする感情が見え、俺は決心が鈍りそうになる。それをごまかすように、俺は言葉を切り出す。

「断る。僕は『勇者』だ。だから、聖剣は僕にこそ相応しい！　だがどうしてもと言うのなら、ユウ、一騎打ちだ。お前と僕と。どちらが『勇者』に相応しいかこれで決めようじゃないか」

黒ずんだ聖剣を向け、一方的な宣言。受ける必要性など皆無。だが必ずユウは乗ると確信していた。

「わかった」

「ユウさん！」

「ユウくん！」

「ユウ兄！」

「ダンナッ！」

ユウの仲間達が一斉に心配する声を上げる。

思わず笑みを浮かべそうになる。

良い仲間に恵まれたみたいじゃないか。俺と違って。少しばかり羨ましい。

ユウは仲間達に大丈夫と言った後、視線をこちらに向ける。準備は万端ということか。

俺とユウは互いに距離を取り、構え、そして激突する。

すぐにわかる。スピード、力、技術。ユウは以前と比べ物にならないほど成長していた。

「懐かしいなぁ！　昔もこうやって木の棒で打ち合ったよな！」

「そう……だね！」

「覚えているか⁉　お前は何時も僕には勝てずに負けていたよな？　その度に泣いてはメイちゃんに慰められていたな！」

「そうだよ……！　僕は一度たりともフォイルくんに勝てなかった……！」

「だったら、大人しく敗北しろ！　そして、勇者などという名を撤回しろ！」

「いやだ‼」

ユウが俺の聖剣の一撃を弾き返す。

自分でもわかるほどに今の聖剣を振るう自分はかつての精錬さがないほどに衰えている。疲労も酷く、実の所ユウの姿もぼやけている。しかしユウは追撃をしてこない。

ここに来て俺を斬ることにまだ迷っているのだ。

「っ！　ふざけるな！」

「なっ⁉　ぐはっ！」

接近し、持てる限りの力で聖剣を振るう。それを寸前で受け止めたユウだが大きく体勢を崩した。そこへ腹に向かって蹴りを入れる。

「が、がはっ」

「全く。甘いんだよ、お前は」

そうさユウ。お前は優しいさ。

だがその甘さはこれから魔王と戦う勇者としては不合格だ。俺を本気で倒せないようでは、魔王なんかが倒せるはずがない。魔族の恐ろしさは俺が誰より知っている。

だからこそ、ユウには非情になることも覚えて欲しい。だけど、同時にそれが難しいことも付き合いの長い俺にはわかった。ユウは優しい、優し過ぎるんだ。それがユウの良さだと俺もわかっている。

しかしこのままじゃ……俺は安心して役目を終えられない。そう思った俺はユウを勇者だとわかった神官（プリースト）を見つける。これだ。俺は発破をかける。

「ところでユウ、お前が『勇者』だとわかったのはもしかしてあの『神官（プリースト）』のお陰か？」

「だったらなんだい？」

「クリスティナとか言ったっけな。あの若さで神託を任せられるなんて大したものだ。つまりそれだけの発言力もあるということ。だからさぁ、僕が貰（もら）ってあげるよ！　そうすれば僕の名声も取り戻すことが出来るしなぁッ！」

俺は嗤（わら）う。下劣（げれつ）に、外道（げどう）に。

「フ、フィ、イ、ルッ！　お前……！」

「怒るか？　怒ったか？　ならば来いッ！　俺にその怒りをぶつけてみせろォッ！」

ユウの目に明確な怒りが宿る。

ユウは俺目掛けて剣を振るった。

その速さは今までで一番であった。それでもユウ自身はそれを俺が簡単に受け止めると思っているのだろう。

だからこそ俺は――

「な、んで。笑って……フォイルくん……」

「かふっ」

「い、いやぁぁぁ!!」

聖剣で受けること無く、その身に受けた。

そのことにユウは唖然とし、メイちゃんが悲鳴の如き声を上げる。

「フォイルくん！」

「あぁ……本当に強くなったよな、ユウ。本当にさ」

「い、今すぐ傷を！」

「やめろ！　これは報いだ。全てを偽って来た俺自身の」

「い、偽った？　何の話だよ、わかんないよ。ク、クリスティナ。お願いだっ。フォイルくんを、たすけてっ」

「これは……傷が深すぎますっ。『聖女』でもない私では」

「そ、そんなっ。フォイルくん、フォイルくんっ」

ユウの声が遠くに聞こえる。何度も俺を呼ぶ声が。

俺はもう助からない。人々を偽り続けた罪を背負い此処(ここ)で死ぬ。

……ならもう良いよな？

女神様とやらよ。地獄(じごく)に落ちるとしても最期(さいご)くらい……幼馴染(おさななじみ)にうそ(偽)なんてつ(ら)かなくていいよな？

「……ユウ。立派になったよな。それでこそ『真の勇者』だ」

「フォイルくん、ダメだ。喋(しゃべ)らないでくれ、すぐに傷をっ」

「やめろッ！」

俺の言葉に、ユウの動きが止まる。

「良いんだ。これは俺が選んだ未来だ」

「なんで、そんな、まるでそれを望んでいたようなことをっ」

「ユウ」

話を遮(さえぎ)り、俺はユウに語りかける。ユウの瞳(ひとみ)を真(ま)っ直(す)ぐに見る。

「俺はよ。本当は知っていたんだ。わかっていたんだ。お前が『勇者』だってことを。初めから知っていたんだ。覚えているか？　小さい頃、探検と称して村の子ども達と森の奥に大人に内緒で行ったこと」

ユウは流れる俺の血を押さえ、涙目になりながらも頷く。

「あの時、森から魔物が現れたよな。そして友達の一人が切り裂かれた。……その時、俺は逃げたんだ。もう死んでるって思って。助かりたくて。大人を呼ぶという名義でその場から逃げ出したんだ。だけどユウ。お前は違った。お前は木の棒片手に立ち向かったんだ」

結局、事態に気付いたメイちゃんが先に呼んで来てくれた兵士達によって魔物は倒された。切り裂かれた子どもも助かった。

思えばその時にもう本質は現れていたのかもしれない。

「ユウ、お前は立ち向かい、俺は逃げた。それだけだ」

勝てるはずのない化け物に立ち向かう。人はそれを蛮勇だというかもしれない。愚かだと罵るかもしれない。

それでも子どもが木の棒如きで友達を守る為に立ち向かうことを勇気という以外ないだろう。

俺には、そんな勇気はなかった。

ユウの仲間達も俺の話す内容に聞き入っていた。誰もが二人を凝視し、沈黙する。

そんな中で膝をつく音が聞こえる。メイちゃんだ。彼女は身体を震わせていた。

「あぁ、そんなっ。嘘よ、うそっ。こんなのってない、ないよぉ。えぐっ、ごめんなさい、フォイル……フィ、ィ、い、ーくん。貴方は……っ、何も変わっていなかった……！」

メイちゃんが涙を流す。別れを告げたあの時と同じ。拭ってやりたいが距離が遠いし、そんな力もない。そのことが少しだけ残念だった。

最後にやるべきことをやる。

「ユウ、これはお前のだ」

「でも。無理だ、だって僕にとっての『勇者』はっ」

「大丈夫だ。信じろよ。お前の信じた俺を。俺が信じたお前を」

ドンッと聖剣をユウの胸に押し付ける。

「ユウ。お前は、光だ。俺の夢を、お前に託す。だから、そんな光の中へ、俺も連れて行ってくれ」

ユウは俺と聖剣を何度も見比べた後、聖剣を握った。

瞬間、今までに無いほど、聖剣が輝きだした。

「あぁ、やっぱりお前は『真の勇者』だよ。ユウ」

聖剣の輝きはこれまで見たことない程だった。俺の時はそんなに輝かなかっただろ。……すこし妬ける。

だが同時に確信した。今、この場で『真の勇者』が誕生したと。これで人類は大丈夫だと。

「世界を、メイちゃんのこと、頼んだぜ」

ユウを突き放しヨロヨロと力なく後ろに下がる。背後にはあるのは……崖。

空は澄んでいる。風が気持ち良い。心も軽く感じる。

「フォイルくん！」

「フィーくん！」

「来るな！」

自分の怒号に二人は動きを止める。

それでいい。

真の勇者の前に、偽の勇者は不要。

役割を終えた敵役は速やかに舞台を去るのみ。

（ごめんな、二人とも）

二人ともそんな悲しい顔をしないでくれよ。

ユウはまた泣き虫に戻っちまって……今のお前は勇者だぞ？　ちゃんとしろよな。

メイちゃんもいつもみたいに笑っていてくれよ。俺が惚れた時みたいにさ。

あぁ、でも。

それでも。

できることなら。

（俺はユウ……メイちゃん……君達二人と並び立つ仲間になりたかったよ……）

俺は笑った。

二人がもし、俺を思い出してくれるのならば、笑った姿で思い出して欲しかったからだ。

「フォイルくん！」

「フィーくん！」

ユウとメイちゃんのこちらを呼ぶ声を遠くに聞きながら、俺はそのまま意識を失い崖から落ちた。

――。

――。

――。

「……絶対に死なせないのです」

◇◇◇

「おかしいなぁ」

「何がですか？」

「俺って死んだはずだよね？　何で生きてるの？」

「死んでませんよ、勝手に満足げな顔して気絶しただけです」

「本当に⁉　やばい、めちゃくちゃ恥ずかしい……」

顔を押さえ悶えていると呆れたような溜息を吐いてくる。そのことにより一層悶える。

その様子を一人の女の子が呆れた目で見ていた。

崖から落ちた俺は助けられた。そして助けたのはなんと――あの時助けたエルフのアイリスちゃんだ。

伸びた髪以外あの頃と何も変わっていない。彼女は身を隠すためか緑を基調としたワンピースに似たエルフの民族衣装の上に、分厚いフードを身につけていた。

彼女は、ユウ達に別れを告げて崖から落下してから、丸三日間眠り続けていた俺を介抱してくれていた。文字通りつきっきりで、だ。ついさっき目を覚ました時には、それはもう嬉しそうに俺に抱きついてきた。

俺としては、何故生きていたのか。そもそも何故彼女がここにいるのか、混乱して、やっとのことで落ち着いて冒頭の会話に至ったのだ。

パサリとアイリスちゃんはどこからか買った新聞を開く。

「この記事では世間的には貴方は死んでいることになっているのです。聖剣も『真の勇者』とやらの元に戻りましたと書かれています」

「そりゃあな。てか聖剣はともかく実際致命傷だったでしょ俺？　なんで生きてるの？」

「簡単です。わたしが治したのです」

「え、ちょっと待ってくれないか。治したってどういう風に？」

「？　こう。手のひらにぱわぁを溜(た)めて、なおれー、なおれーって念じたら治ったのです」

その答えに覚えがある俺は驚く。

人を治すことは『治癒師』や『神官(プリースト)』でも出来る。でも明らかに致命傷な傷を治すことは出来ない。これらは人の生命力を利用して治すのだ。例えば心臓が止まってしまったり、血を失い過ぎれば当然治すことは出来ない。

それが可能な存在はただ一つ。

「……君はもしかして癒しの『聖女』じゃないか!?」

『勇者』と並ぶもう一つの人類の切り札。あらゆるものを癒し、魔物特有の魔障(ましょう)を封(ふう)ずることの出来る力を持つ女性。魔物や魔族への聖なる力に関しても全てにおいて『神官(プリースト)』を上回る『勇者』と並び立つ、唯一の女性しか賜(たまわ)ることが出来ない職業(ジョブ)だ。

あの時のユウの仲間は『神官(プリースト)』や『戦士』のような格好の人達で、そのような人物がいなかったはずだ。

俺の時には終(つい)ぞ現れなかった存在が目の前にいる。

俺の驚きとは対照的にアイリスちゃんの反応は淡々(たんたん)としていた。

「あぁ、そんなのがあるのですか。確かに貴方を助けようとした時にそんな風な神託……？

天啓でしたっけ？　その力を世界の為にどうたらこうたら聞こえたのでそうかもしれませんね。でもそんなことどうでも良いです」

「いや、どうでもよくないんだけど」

「どうでも良いのです。たとえわたしが癒しの『聖女』であろうとなかろうと貴方を助けようと行動したのには変わりありませんから」

「それは、こっちとしては嬉しいんだけど……」

その力は自分ではなく、勇者達に必要な力だ。聖女はその力で傷を癒し、魔王軍の魔力を封じる。これからユウは果てしない戦いに身を投じることになる。そんな時、聖女の力はなくてはならないものとなる。

俺は佇まいを直し、アイリスちゃんに向けて真剣な表情になる。

「アイリスちゃん。君の力は女神から与えられた『聖女』という可能性が高い。その力は人々の為に使われるべきだ。だからあいつの……ユウとメイちゃんの力になってくれないか？」

「いやなのです」

「はぇ？」

断固拒否をするアイリスに変な声を出してしまう。

え、なんで。

そこは使命感に燃えて「はいわかりました！」って返事する所じゃない？

「な、なんで？」

「何で『聖女』だとしたら人の為に魔王なんて恐ろしいものに立ち向かわなきゃいけないのですか。相手は人類を滅ぼそうとしている怖い連中なんですからそんなのと関わり合いになりたくないのです。それに勇者の方はフォイルさんを断ったのです！　わたしはこの曇りなき目で見ました！　絶対、ぜーったいに許さないのです！　それにフォイルさんに靡(なび)くあの女も気に入らないのです！　なんですか、あのわがままボディは！　わたしへの当てつけですか！」

プリプリと怒るアイリスちゃんは助けた時と変わらずに平坦(へいたん)な身体(からだ)だ。メイちゃんの身体に嫉妬(しっと)しているらしい。

俺はしばしポカンとし、結局彼女が怒っている理由が、ユウが俺を傷つけたからだというこことに苦笑する。

「アイリスちゃん、君は優しいんだね」

「なっ！　な、何ですか突然。褒めたって何もでないのです。……えへへ」

「だけどねアイリスちゃん。君が僕に好意を持って接してくれるのは僕が君を助けたからだろう。君が抱いた幻想はただの偽りだ。俺はただのペテン師で、詐欺師で、どうしようもない屑人間なんだよ。仲間の狼藉を咎めることもせず、偽善で自己満足する愚か者なんだ。そしてその偽善を押し通す力すら聖剣に頼っていた弱い人間なんだ。だからそんな奴に気を使う必要はないんだよ」

そうだ、俺は人々を騙していた。

たとえ、職業がそうだったとしてもその事実は変わらない。

手を痛いほどに握り締める。この手はもう血で汚れている。赦されることはない。

アイリスちゃんは何も言わない。

あぁ、これはまた罵られるなと覚悟した時、

「いいえ、そんなことないのです」

そんな俺にアイリスは優しく微笑んだ。

「確かに貴方は人々にとっての『勇者』ではなかったかもしれません。世間では貴方のことを悪し様に罵っています。でも。あの時、わたしの声を聞いて助け出してくれたのは貴方です。他の誰でもない、貴方がわたしを助けてくれたんです」

そっと柔らかい両手でアイリスちゃんが俺の手を優しく包み込む。驚いて声も出ない俺に、どこまでも純粋に澄んだ顔で微笑んだ。

「誰が何を言おうと、わたしにとっての勇者は貴方なのです。ありがとう、あの時わたしを助けてくれて」

――。

「……そ、うか。ははは、僕が……俺が勇者か。もう聖剣もなくなったのに、そう言われるなんてね。本当に皮肉というかなんというか……あぁ、でもそんな風にお礼を言われたのっていつ以来だっけな……ふ、ぅっ……！」

感極まって思わず顔を手で覆い泣いてしまった。今まで抑えつけていた感情が溢(あふ)れ出し、何か言おうとしてもそれは言葉にならず、嗚咽(おえつ)と吃逆(しゃっくり)になってしまう。

アイリスちゃんは何も言わずに、そのままよしよしと頭を撫でてきた。

勇者になりたかった。

誰かを導けるような人になりたかった。

だけど自分の役割は勇者の踏み台で、その為に道化(どうけ)を演じてきた。

その為に人々から敵役(アングレシャス)を買ってきた。

人々から希望(勇者)を奪ってきた。

救いたい人を救わず見捨ててきた。その罪は決して消えない。

だけども、目の前の少女は自分に感謝をしてくれた。

なら、自分がしてきたことは無駄ではなかった。たとえ千人に恨まれようと一人に感謝されただけでも無駄ではなかったのだ。

俺は赦されない。だけど確かに報われたんだ。

暫く(しばら)して治った自分は冷静になってくると女の子の胸で泣いていたということに恥(はじ)を感じた。

「恥ずかしいところを見せちゃったね」

暫くして落ち着いた俺は赤くなった顔を誤魔化すように頬(ほお)を掻きながら告げる。

「全然構わないのです。寧(むし)ろどんどん見せてください。わたしは貴方よりも年上なのですからおとなのみりょくで受け止めてあげます」

「ははは、それは難しいかな。メイちゃんくらいに豊満な女性だったらこちらとしても嬉しいんだけど」

「む！　女性と二人きりの時に違う女の名前を出さないでください！」

「いたいっ」

ツンツンと傷口を突(つっ)く。『聖女』としての力の覚醒はまだまだでアイリスちゃんの力では傷を塞ぐので精一杯だ。俺が痛がったせいか自分でやったのに慌てて「大丈夫ですか!?」と泣きそうな顔になるアイリスちゃんに、俺のせいだからと慰める。

「う～ん、けど生きているなら生きているでこれからどうしようかな。世間的には俺はもう死んでいるってことになってるし」

「もし生きているのがバレたら袋叩きになるのです」

「そうなんだよね。なら人目につかないよう森で暮らすしかないかな」

「わたしとしては一緒に森に暮らすのは大歓迎ですが……貴方は、本当は何をしたいのですか？」

じっと透き通るような目でアイリスちゃんが俺を見る。

……まいったな。見透かされているみたいだ。

「俺は……人助けをしたい。でも、俺はもう『勇者』ではないし……」

実は俺の中にある何かがゴッソリと抜け落ちた感覚がある。軽く技能を使えないか試して見るが体が軽く感じるくらいで、なんの力も湧かない。

『偽りの勇者』としての役割はもう果たしたということだろう。それによって職業も効力を失ったということだろう。これぱっかりは教会で見ないとわからないが多分そうなんだろうと俺は確信している。だけども、同時に自分が何者でもないという不安に襲われる。

職業がないだけでこんなにも心細いなんて。

これが『名無し』。

ユウも、こんな気持ちだったのだろうか。

「確かに聖剣を失った貴方はもう勇者とは言えません。けど、たとえ勇者にはなれなくても誰かを救う存在――『救世主』にはなれますよ」

「『救世主』か……、うん。良いね」

その言葉は正に俺にとって天啓だった。

勇者ではなくとも、人々を救う者。

悪くない。

そうさ何者でもないなら、何者にでもなれる。なら好きなことをしよう。

カチリと心にハマったような気がした。不安はもうない。

「よし！　善は急げだな。早速町に向かうとしよう」

「えっ！　もう向かうのですか？」

「勿論さ、こうしている間にも魔王軍に怯える人々がいるんだ。なら休んでいる暇はないさ」

「それはそうなのですが……。まだ貴方の傷は治っていませんよ」

「それは、確かにそうだが」

「でも、安心してください。ここには今、フリーなとても可愛くてとても傷を治すのが得意な子がいますよ。傷を負った人にとってこれほど優良で可愛い女の子は、ほかにいないはずです！」

「え？　あの」

「だから、その。えぇと、今ならフォイルさんについていきたっ、こほんっ。誘われたら誰かについていくのもやぶさかではないかなぁーと思っていたり……」

　チラチラとこちら窺う姿は初めて会った時と何も変わらない。彼女が何を求めているのか、わからないわけがない。

　苦笑し、膝をつきながら手を差し伸べた。

「どうか、俺の世界を救う旅に付き合ってくれないか？」

「――はい！　行きましょう、わたしの勇者様！」

　アイリスは笑顔でその手を取った。

『偽りの勇者』の物語はここで終わり。

　ここから始まるは『救世主』としての道を歩むただ一人の男の物語である。

《オーロ村》

「よし、これでもう大丈夫かな」

　ぐっぐっ、と何度もストレッチを行う。コキコキと固くなった関節から音が鳴り、身体が解(ほぐ)される。

　あれから心機一転、他の村に向かおうとした俺だが、少し歩くだけで傷口が疼(うず)き痛くなったので元の洞窟にとんぼ返りした。

　その後アイリスちゃんが『聖女』の力で癒してくれたり、ご飯を用意したりしてくれた。

「身体もわたしが洗ってあげます！」と布を用意して鼻息を荒くしていたけど、それは流石(さすが)に拒否した。だって……ねぇ？

　そんなこんなで大事を取って安静にしていたら、もう三日も経(た)っていた。

　今ではこの洞窟の天井(てんじょう)もすっかり見慣れたものだ。

「フォイルさん、もう動いて大丈夫なんですか？」

洞窟の入り口から、木の実と蓮の葉に蜜を汲んだアイリスちゃんがやってくる。

「あぁ、だいぶ良くなったよ。これなら初日みたいにいきなり傷口が開くみたいなことはないと思う」

「あの時はびっくりしました……もしわたしが治さなきゃ死んでいましたよ」

「あはは、ごめんね」

「全く……ふふ、きのみを取ってきたので食べましょう」

ここ数日はアイリスちゃんが外から取ってきてくれた木の実や魚を食べていた。時にはキノコも取ってきた。アイリスちゃんは森に住むエルフなので、そういった果実などの毒の有無については詳しいらしい。

取ってくれた食べ物はどれもこれも栄養満点で、俺は順調に体力を回復することができた。本当にアイリスちゃんには感謝しかない。

魚が焼けるのを待つ間話していると、一つの話に俺は首を傾げた。

「名前？」

「はいなのです。フォイルさんの名をそのまま使うのは、可能性は低いとはいえ正体がバレる恐れがあります。そうでなくとも、もし変なイチャモンをつけられたら面倒なのです」

確かにアイリスちゃんの言うことにも一理ある。

手配書に髪色と名前まで一致した人物がいたら、人は何かしら疑問を抱くだろう。それが有名人ならなおさらだ。

『偽りの勇者』フォイルは死んだのだ。ならばその名は使わない方が良いだろう。

……勿論、思う所がないわけではない。親から貰った名だ。出来るなら大事にしたい。しかし背に腹はかえられないだろう。俺のワガママでユウ達に、そしてアイリスちゃんに迷惑をかけられない。

「確かにその通りだ。だけど、改めて名前を考えるとなるとすぐには思いつかないな……」

「はい、ですのでわたしの方で少し考えたのですが、アヤメっていうのはどうでしょう？」

「アヤメ？」

「はい。わたし達エルフの名は基本的に花にあやかってつけられています。わたしのアイリスもそうですし、母様と父様も金蓮花と射干といった花の名前です。花にはそれぞれ言葉があるのですが、アヤメは『希望』という意味なので、これから沢山の人を助けようとしているならピッタリなのです」

「なるほど、アヤメか……。うん、いいね。ぴったりだ。これから俺はアヤメと名乗ることにしよう」

別にフォイルの名を捨てるわけではないが、恐らくもう名乗ることもないだろう。俺は新しい名であるアヤメを何度も何度も口にして覚える。

アヤメ……悪くない。

まぁ、『希望』を奪っていた俺がその意味を持つ名を持つというのは何というか皮肉な気もするけども、アイリスちゃんはきっと必死になって考えてくれたのだろう。その気持ちを無下にはしたくない。

「やった。やった。これでフォイルさんとわたしは親しい仲であると公言できたも同然です。他のエルフならそのことに気付くかもしれませんが、エルフは引きこもり。だからこのことを知ってるのはわたしだけ。えへ、えへへ」

因みに、アヤメは植物分類上アイリスと非常に近しい存在となっている。それ故に、他のエルフに対して自分と彼はこれだけ深い仲なのだと主張できるのだ。

仮に人間の女でアヤメと仲良くなる女性がいれば、さりげなくそのことを伝えて牽制する気満々である。勿論アヤメには教えない。だって恥ずかしいから。

自分と近しい名前ということでアイリスは笑みを堪えきれなかった。

いつの時代も恋する乙女は計算高い。

「アイリスちゃん、何をボソボソと言っているんだい？」

「な、なんでもないのです！」

「そうか？　ならいいけど……あとは顔かな。髪型はある程度変えられても顔が指名手配としてばら撒かれているだろうから、死んだとなっているとはいえ気付く人がいないとは限らない。何処かでフード付きの服を買う必要が出てくるな」

「あ、任せるのです！　こうなるだろうと思って沢山の木の仮面を夜なべして作ったのです！」

「えっ、そうなの？　エルフってそんなこともするんだ……」

マフラーみたいな物かなと思っていると、アイリスちゃんはドバドバと背負ったリュックから中身を取り出す。

多い多い！　君は仮面屋さんか何かか⁉

「まずはこれです。これはもう会心の出来です。〝芳香千年樹〟と呼ばれるわたし達の間でも病気から身を守ってくれると言われている樹から作りました。実際何かぱわぁを感じませんか？　先進的なデザインもわたしが考えて作りました。どうでしょうか？」

アイリスちゃんが自信満々に仮面を手に取る。

一言で言うと、怖い。

仮面はまるで鳥の嘴のように尖っていて、黒い模様は見る者を不安にさせる。

俺はヒクつきそうになる顔を何とか抑えながら、やんわりと断る。

「い、いやぁ。それは俺には少し勿体無いというかなんというか……」

「そうですか……ならこれはどうですか？　とある地方の儀式に使われるものを模倣してみた、蕗の葉っぱで作った魔除けのお面です！　葉に模様を塗るのが大変でした！」

「いやぁ、すごく熱意は買うけどこれは。悪魔召喚の儀式にでも使うものかい？　悪目立ちしちゃうよ」

「ならばこれ！　わたしの里にあった〝黒精樹〟と呼ばれる精霊が宿るとも言われる木から作ったものです。太ましい樹から作ったこれは力強さを感じさせます、名付けるならはんにゃのお面です！」

「寧ろ魔王軍の一員として討伐されそうだね」

「これはどうですか？　目元が完全にかくれてしまいますが、醸し出す騎士道精神は隠しきれません。例えるならばミスター・ブシドー！」

「何だか都度誰かの邪魔しそうだね」

その後も色々な仮面を被ってはこれじゃないあれじゃないと試行錯誤を重ねる。

しかしアイリスちゃんは幾つ仮面を作ったのやら。楽しそうだから良いけども。

「まぁ、これが一番無難かな」

何度か試した後、俺は一つの仮面で落ち着いた。

仮面は顔の右側を隠すくらいの大きさで簡素な花の模様が印された物だ。完全に隠すとそれはそれで怪しいが、これなら傷を負ったからといった理由で誤魔化せる。

そういえば、髪色は元の赤のままで良いのかな。とはいえ今すぐ染めるとかは出来ないのだけど。

「むぅ、でもそれじゃアヤメさんの凛々しい顔が殆ど見えないのです」

「いやいや、他の奴は奇抜な仮面だから、寧ろ目立っちゃうから。アイリスちゃんには悪いけど」

どうやらアイリスちゃん的には不満らしい。

というか、顔の露出度なら最初の仮面の方が全くないと思うのだけど。

それに余りに変な仮面だとすぐに拘束される可能性が高い。これくらいが丁度良い。

後は、髪色は無理だけど、髪型は変えておこう。大丈夫、髪を弄るのは慣れている。

「そうですか……でも、そうですね。その仮面なら、顔を隠せることもですが、正体もバレ辛くなりますね」

「そうなのか？」

「はい、仮面の上の方……あ、そこです。そこに紋様をほっていますよね？　素材となった〝霧隠樹〟と呼ばれる元来、臆病な木でして獰猛な猛獣とかが来ると気配を消したり、認識を誤魔化したりする特徴のある木なんですよ。なのでその紋様で〝霧隠樹〟の特性を発揮できるようにしているのです」

「へぇ。なら、これをかぶれば俺は誰からもわからなくなるのかな？」

「あくまで補助的な役割なんで、すれ違う程度なら完璧に認識をすることが出来ないのですが、ずっと側にいれば、流石にわかります。だから、わたしには隠れていない部分のアヤメさんの凛々しい顔がバッチリ見えてますすよ！」

「あ、ありがとう」

むんっと熱心に語るアイリスちゃんの熱気にちょっと圧される。

「あとは、ハイどうぞ。エルフ直伝の特製外套です。軽い切り傷なら防ぐ程度の強度がありますよ。これも私が夜なべして作りました」

「え、そっちがあるんなら仮面はいらなかったんじゃ……」

「……」

「あぁ、ごめんよ！　別にこれがいらないってわけじゃないから！　嬉しいなぁ、大切にさせてもらうよ」

しゅんとするアイリスちゃんに罪悪感が湧き、慌てて喜ぶ。少し大げさに喜びながら外套（マント）を着る。

「ありがとうアイリスちゃん。どれもこれも嬉しいよ」

「いえ、そんなっ。わたしも作っていて楽しかったですから」

　アイリスちゃんはそれを見て嬉しそうにした。何だかんだ言って、これらは全てアイリスちゃんが俺の為に用意してくれたのだ。

　ならばお礼を言わないのは失礼だ。

「本当にありがとう」

「あ、あぅあぅ……」

　顔を赤くして頭を抱（かか）え出すアイリスちゃんを見ながら俺は仕度（したく）を済ませる。

「さて、と。それじゃ心機一転、早速『救世主（ヒーロー）』としての旅に出るとしよう！」

「おー！　なら任せてください。近くにオーロ村と呼ばれる村があってそこで食料や新聞を調達して来たのです。まずはそこを通って街に向かいましょう」

「そうだね。早速向かうとしよう」

　アイリスちゃんの提案で俺は近くの村、オーロ村に向かうことにした。

　ザッと洞窟の入り口に向かうと強い光が差し込んできた。空は晴れ模様、風も吹（ふ）いて気持ち良い。

まるでそう、詩人じゃないけど祝福してくれているみたいだ。

旅立ちには良い日だ。

これからは『勇者』の時に救えなかった人々を救う。たとえそれがどんなに困難な道であろうとも。

そんな気持ちを胸にして俺は洞窟の外へ踏（ふ）み出した。

……と意気込んだ俺だが、オーロ村に入った際に早速拘束された。

初となる『救世主（ヒーロー）』としての第一歩、俺は不審（ふしん）人物として拘束所に拘束されることになったのだった。

◇◇◇

『偽りの勇者』としての役割を終え、『救世主（ヒーロー）』としての道を歩み出した俺こと、アヤメ。

現在兵士が詰める詰所（つめしょ）で事情聴取（ちょうしゅ）を受けていた。

「それで、お前はこの村に入って何をしようと企（たくら）んでいたんだ？」

「いや、待ってくれ。何でもう何かする前提なのかな？　本当に怪しい者じゃないんだ」

「何を言うか、怪しい仮面を被ってこんな辺境……自分で言うのも何だが、そんな村に冒（ぼう）険者（けんしゃ）でもないお前が入って来ようだなんて不審人物以外の何ものでもないじゃないか」

目の前の真面目そうな青年……いや、少年か？　とりあえず俺よりは年下の男の子を前に、俺は弁解を続ける。

「本当に俺は怪しい者じゃないんだ。俺は旅人でね、身元もあのエルフ……アイリスちゃんが保証してくれる。それに俺はこれでも腕に自信がある。魔獣なら何匹も倒したこともあるんだ」

「ほー、ならその魔獣殺しさんは丸腰なのにどうするつもりだったのだ？」

ぐぅの音も出ない。

『偽りの勇者』だった俺は元々聖剣しか所持していなかった。それを失えば丸腰なのはわかりきったことだった。

勇者といえば聖剣の所持が必須だ。そこに他の剣を持っても聖剣には劣る。だから、聖剣以外を持っても意味がないから嵩張るのを防ぐ為にその他の武器を持たなかったのだ。

小さいナイフくらいならあったが、それも戦いの最中に失われた。

丸腰に仮面をつけた男。少し考えれば余りにも不審者過ぎるとわかっただろうに。『救世主』になろうと浮かれていたのかもしれない。知能指数が著しく低下している気がする。もう年齢的には二十歳になったというのに恥ずかしいばかりだ。そういえばメイちゃんにはよく勝手に突っ込む癖があるとも言われていたっけな。反省しよう。

「なぁ、お前は何者なんだ？」

「俺か？　俺は『救世主（ヒーロー）』だよ。といってもつい最近目指し始めたんだけどね」

「……やっぱお前怪しい奴だろ」

「ちょっ⁉　そんな目で俺を見ないでくれるかな⁉　いや確かに俺の言葉はすぐ信用出来るものじゃないと思うけどさ！」

どうやら完全に疑われているらしい。このままでは本当に逮捕（たいほ）されかねない。

とりあえず目の前にいる青年をどう説得しようか頭を悩ませていると、詰所の扉（とびら）が開かれた。現れたのは目の前の青年と同じ格好をした中年の兵士だ。

「やれやれ。真面目過ぎるぜ、ラティ坊」

「ラ、ラティオだ！　いい加減その呼び方はやめてくれ！　僕はもう『兵士』なんだから」

「おーおー、一ヶ月前になったばかりの新人がもう一人前気取りか？　だからお前はラティ坊なんだよ」

かっかっと笑う男性の顔は赤い。それにこの臭（にお）い……もしかして酒を飲んでいるのか？

彼は散々目の前の青年（ラティオというらしい）をからかった後、俺に向き直る。

「それであんた、確かアヤメっていったっけか？　釈放（しゃくほう）だ、村に入って構わねぇよ」

「えっ？」

「なっ、こんな不審者を村に入れるのか⁉」

「まぁ、落ち着けや。どうやらこの青年は山で死にかけていた所をあの嬢ちゃんに拾われたって話だ。その後一緒にいるってな」

死にかけてたのは本当だし、拾われたのも嘘ではない。ただし、俺が『偽りの勇者』であることを除いていて、だいぶ内容が脚色されているけど。アイリスちゃんが俺の為に作り話をしたのだろう。

「エルフが信頼する人間なんてそれこそ数える程だ。御伽話くらいでしか聞いたことねぇ。なら、別に入れても良いだろ。エルフの不興を買う程、お前も頭が回らないわけじゃないだろ？」

「それは……そうだが」

「下手に逆らったらどうなるか予想もつかん。わかったなら鍵を渡せ、ほれ」

渋々ラティオくんが鍵を渡すと、中年の兵士は俺の腕にかけられた手錠を外してくれた。

「ありがとう、正直中々落ち着かなかったんだ」

「まぁ、お前は犯罪者かその疑いがありますって言われてるようなものだしな。ま、こうして村に入れるんだから気にすんなよ」

「うぐぐ……」

　話していると突然、ラティオくんが立ち上がって俺を指差してきた。

「僕は認めたわけじゃないからな！　何か起こしたら真っ先にお前を捕まえてやる！」

「責任感が強いんだね。大丈夫だよ、俺はこの村に害を及ぼす気はない」

「その言葉信じるぞっと。ほれ、お前さんの荷物だ」

「あぁ、ありがとう。それじゃお世話になりました」

「絶対！　認めてないからな！」

　男性から荷物を受け取り、ラティオくんの言葉を背に受けながら俺は詰所から出た。

「あ、やっと来たのです」

「ごめん、待たせた」

　詰所から出た後、木の幹に背を預けていたアイリスちゃんが俺を見つけて近寄って来る。

「アヤメさん、災難でしたね」

「全くだよ。まぁ、今回のは俺の不注意から生じたことだから彼らを恨むことはないんだけどね」

　彼らは自らの職務を全うしただけだ。そこを責めるつもりなんて毛頭ない。寧ろよく釈放してくれたもんだと思う。

「そうだアイリスちゃん、あの男性が俺を釈放してくれたんだけど何をしたんだい？　正直あの話だけで疑いが晴れるとは思えないんだけど」

「それでしたら素直に事情を話したのと、薬をあげたら釈放してくれたのです」

「薬？　袖の下を使ったってことかい？」

「正当な取引なのです。彼は二日酔いに悩んでいたらしいので。決していかがわしいことではないのです」

それを、袖の下を使ったっていうんだけどなぁ。だけどここでごちゃごちゃ言っても折角助けてくれたアイリスちゃんに悪いし、それに助かったのも事実だ。素直にありがとうと言っておく。

今更だが、エルフは伝説ともいわれる種族だ。

あらゆる魔法を扱え、植物すらも自在に操る。その強さは魔王軍と戦っても勝利出来るほどに強力だ。

無論、自然と共に生きるエルフらにとって魔王軍は敵である。

魔王軍と相対するというのでは、人にとって仲間ともいえるのだがエルフは人間に対しても不干渉を貫いている。それどころか、逆に弓を向けられたという話もある。だからこそあの兵士もすぐに俺を釈放してくれたのだろう。

目の前の彼女を見ているとそんな恐ろしい逸話がある種族だとは思えないけど。アイリスちゃんが特別穏やかな少女であるのだろうか。

「何ですか？　じっと見て。はっ！　もしかしてわたしに惚れましたか⁉　ふふふっ、良いですよ。アヤメさんにならいつでもウェルカムです！」

「何がウェルカムなのかは突っ込まないでおくよ」

何か勘違いしたアイリスちゃんが両手を広げながら待っているのを俺はやんわりと断る。

むぅ、とアイリスちゃんは残念そうにする。

「しかし、武器かぁ」

「どうしたのですか？」

「いや詰所の兵士……ラティオくんだっけ？　彼に武器も無いのに何をするつもりだったんだって指摘されてね。確かに今の俺は丸腰なんだよ。元々は聖剣以外にも小さなナイフとかは持っていたけど、その殆どをユウが来るまでの戦いで消費してしまったんだ。だから何か武器になる物が欲しいんだけど、そもそもお金が無いんだよね」

「大丈夫です。この日の為に色んな街町村を渡り歩いて、薬草と交換してお金は稼いできたのです。剣の一本や二本くらいわたしが買ってあげるのです！」

アイリスちゃんが自信満々に胸を張る。

俺の傷もアイリスちゃんが治してくれたし、さっきの牢から釈放されたのもアイリスちゃんのお陰だ。

……あれ、これ俺アイリスちゃんのヒモじゃないか？

やめよう、考えたら悲しくなってきた。

というか、逆にアイリスちゃんが逞しすぎる。どれだけ前から計画していたのだろうか。

「とりあえずあの酔っ払いのおじさんから聞き出したこの村の情報で、唯一の鍛冶屋に行くのです。そこでアヤメさんの武器を見繕いましょう」

「お手数かけるね……」

「えへへ、もっとわたしを頼って良いのですよ？」

「この借りは必ず返すよ」

「むぅ、そこはわたしに抱きついて甘える所ですよ」

見た目少女の子に甘えるのは何というか気恥ずかしい。俺は曖昧に笑っておいた。

◇

村唯一の鍛冶屋は、鍛冶屋らしい無骨な感じの建物だった。何度かノックして、建て付けの悪い扉を開ける。

中は閑散としているけど様々な武具があった。何本かの剣が棚に飾られているが、その剣も埃を被っている。中には乱雑に樽の中に入れられているのもあった。

王都で見た武具に比べると大きく劣る。しかしそれは比べる対象が高価すぎるだろう。

「余り質が良さそうとは思えないのです」

「こらこら、そういうのは口に出してはいけないよ。それより店主が見当たらないな……何処にいるんだろう？」

店内を見回すも、それらしき人物は見当たらない。

大声で呼びかけると店内の奥からゴソゴソと物音がした。

「何だ？　客か？　ったく、こっちは寝てたってのに」

欠伸をし、腹をかきながら来たのは頭にタオルを巻いた髭の濃い男性だった。

「こんばんは、お邪魔させてもらっているよ」

「客か？　こんな所に来るなんて珍しいな。ようこそ村一番の鍛冶屋へっと」

「村一番って此処しか鍛冶屋がないからじゃないですか」

「おうよ、だから俺が一番なのさ……って、ん？　耳が長い……まさか、エルフか⁉」

「そうです！　わかったら恐れおののき、わたしに剣を献上するのです！」

「こらこら。すまないね、連れがこんなことを言って」

「いや、かまわねぇよ。しかし、まさかこんな辺鄙な所でエルフにお目にかかれるとはなあ。初めて見たぜ。伝説じゃなかったんだな。人生何があるかわからんもんだな」

しげしげと男性はアイリスちゃんを観察する。

「やはり、わたし達エルフを見るのは珍しいですか？」

「そりゃそうさ、このオーロ村は辺境に位置する村だからな。訪れる人も少ないし、ましてや太陽国ソレイユですらいないエルフなんぞに会えるとは思わねぇよ」

「辺境……だから武器も余り質が良さそうじゃないのですね」

「こら、アイリスちゃん」

「いいってことよ。事実だしな。この村じゃ当然手に入る素材も限られる。その素材だって行商人が定期的に来る以外ないから手に入らん。お陰で、鍛冶屋とは名ばかりで村中の包丁を研いでるのが俺の現状だ」

「それはまた……失礼だとは思うけど研ぎ師に改名した方が良いんじゃないか？」

「全くだ。名乗ってなかったな。俺はファッブロだ。宜しく頼むぜ兄ちゃん」

「よろしく。俺はアヤメ。こっちはアイリスちゃんだ」

差し出された手を握り返すとファッブロは頷く。

ファッブロの手は職人らしいゴツゴツした手だった。

「さっき行商人しか来ないって言ってたけど、他に旅人とかも来ないのかい？」

「旅人もなぁ。こんな村に来るくらいなら他の町を通って王都の方に向かうさ。国の役人も年に一度の税の徴収くらいにしか来ないし、付近には俺達の村しかないからなぁ。あ、でもこの間珍しく役人と兵士が来たな」

「それは？」

「あぁ、この前何でも『勇者』の名を騙る奴が現れたとかの手配で国からの使者が来た。まぁ、こんな所に来ないだろうとだれも深く見なかったけどな。どうやら本物の『勇者』によって捕まったとかなんとか。詳しいことは知らん」

すみません、それ俺のことです。

アイリスちゃんもじっと気まずそうに俺を見てくる。

「話が逸れたな。とりあえず客だって言うんなら見繕ってやる。それで何か希望はあるか？」

「そうだね……なら剣を見させてくれないか？」

「ん？　鎧とかはいらねぇのか。見た所兄ちゃんにはその手の防具がないように見えるが」

「手甲とかあれば欲しいけど、とりあえず今は武器が欲しいんだ。見ての通り丸腰でね。剣は持っていたけど諸事情で失ってしまったんだ」

「破損か紛失かは知らないが、まぁそういうことなら仕方ないな。ちっと待ってな」

ファッブロはガサガサと樽の中にあった剣をいくつか取り出して並べる。短剣から始まりバスタードソード、ロングソード、クレイモア、レイピア、中には大剣もあった。

「剣を所望ってことは、兄ちゃんの職業は『剣士』とか戦闘系なんだろ？　兄ちゃんの体格で使えそうなもんを選んでみたがどうだ？」

「そうだね……うん、これが良いかな」

俺は無骨な、装飾品の無い剣を取る。

ロングソードと呼ばれる武器の中でも正統派な長剣だ。

質という点ではもう少し良いのがあったが、これが一番形と重みが聖剣に近い。これなら違和感なく扱える。

「アヤメさんそれにするんですか？」

「うん、出来ればそうしたいんだけど……。一応切れ味を見たいんだけど、何か試し切りとかは出来るかな？」

「それならそこの机に載ってる木なら切っても構わねぇよ。切れた木は薪にするからな」

「はははっ、次いでにこっちを働かせようとは強かだね。というかそんな所に置いていいのか？　もし机まで切れてしまったらどうするんだ？」

「安心しろ。その剣は頑丈さに重きを置いてつくっていたから余程の腕前じゃなきゃ、薪切る途中で止まるからよ」

「む、アヤメさんは凄いんですよ！　今まで色んな魔獣を倒して来たんですから！」

「あー、わかったわかった。それじゃ、兄ちゃんよ。さっさと試してみてくれよ。あ、言っとくが技能は使うなよ。流石にそれをされちゃ、机ごと両断されちまう」

「あぁ、わかった」

技能を使うなって忠告に、そもそも使えないんだけどね、と内心苦笑しながら俺は剣を両手で構えた。

瞬間、俺の空気が変わる。

「なっ」

ファッブロも雰囲気の変化に気づく。

俺は手の平にある柄の感覚を繊細に感じながら目を閉じた。

勇者の象徴である聖剣。

人に与えられる『職業』。

『職業(ジョブ)』によって与えられる技能(スキル)。

俺はそのいずれも失った。

勇者専用の【聖光顕現(せいこうけんげん)】【加速(アクセル)】から始まり『剣士』や『戦士』の技能(スキル)も一切使用できなくなった。

これが、俺が『偽りの勇者』でなくなった時以来の初めて振るう剣だ。

正真正銘の俺の実力を示す最初の一振り(ひとふ)り。技能(スキル)に頼らない俺自身の一振りだ。

だから少しばかり本気で俺は剣を振るった。

——瞬間、薪どころか机まで真っ二つになりいとも容易(たやす)く地面まで斬(き)り込んだ。

「いっ⁉」

「すごいですアヤメさん！」

「……おいおいマジか」

ありえない結果に俺は思わず目を見開いた。

「馬鹿な、こんな風になったことなんて一度も」

唖然と剣と握る手を見比べる。

剣は変わらず鈍い光を発するだけだ。

余りにもアッサリと切れたことで唖然としていた俺だが、ハッとしてすぐさま頭を下げた。

「すまない！　まさか薪どころか机も真っ二つにしてしまうなんて！　更には余波で店内にも被害が出てしまった」

「あぁ、いや。試し切りして良いと言ったのはこっちだからな……」

「だとしてもだ。加減出来ずに店をめちゃくちゃにしたのは明らかにこちらの失態だ。弁償の金……は、今はないが必ず返済する」

「アヤメさん、お金ならわたしが」

「アイリスちゃん、これは俺の過失だ。だから俺自身が償わなければならない。他の人の手を借りては駄目なんだ」

自らの過失なのにアイリスちゃんがそれを払うのはお門違いだ。筋は通さねばならない。

ファッブロは少し見直したように俺を見る。

「成る程な。初めは女に金をたかる怪しい奴だと思ったが、なかなかどうして怪しいがまともらしいな。怪しいが」

「あはは……三度も言わなくていいだろ？」

苦笑いで肩をすくめる。

ファッブロは違いないと豪快に笑う。

「大変だぁ～！」

その時、入り口から慌てた様子で一人の兵士の男性が入ってくる。

彼は俺達がいることに気付かずファッブロに詰め寄る。

「おい、ファッブロ！　すぐにあるだけの武器を用意してくれ！」

「あぁ？　いきなりどうしたよ？」

「ビーリーのおっさんが魔獣に襲われた！　傷だらけになりながら、命からがら逃げて来られたが、薪を運ぶ馬を食い殺されたらしい！」

「なにっ⁉」

ファッブロが驚く。ビーリーが誰だかも知らないが何やら穏やかではないことが起こったらしい。

「ビーリーの奴は職業こそ戦闘系じゃねぇが、猪くらいなら倒せるくらいの手練れだ。そいつが傷を負うなんて余程の相手か」

「いや、単に逃げる最中に転けて枝が足に刺さっただけだ」

「ちげぇのかよ！」

「あの、会話している最中に申し訳ないのですがそのビーリーさんという方はどこにいらっしゃいますか？」

「え？　今はまだ詰所で安静にしているがって、エルフ！！？」

会話に夢中でこちらに気付かなかった兵士がアイリスちゃんを見て驚く。

「お話は聴きました。わたしをその怪我をした人の所に案内してください」

「は、は？　だが」

「お願いします！　怪我をしているなら一刻も争うのです！」

アイリスちゃんの懇願に兵士は困惑しながらも頷く。

兵士の案内についていく俺達。やがて、俺が訪れた時に通った関所と同じ所に来た。

「通してください！」

「なっ、お前達はあの時の！」

「お邪魔するよ。おやラティオくんじゃないか。また会ったね」

先程会ったラティオくんに挨拶する。彼は嫌そうに顔を歪ませる。

「何でお前らが来るんだよ！」

「怪我を負った人がいると聞いて来ました。怪我人はどこですか？」

「あ、あぁ。それならあっちだが。あんたが治してくれるのか？」

半信半疑、兵士はアイリスちゃんを見る。それでも、怪我をしたという男性の元に案内してくれる。

ビーリーと呼ばれていた男性は苦しそうに座り、足には木の枝が貫通していた。そんな彼をアイリスちゃんは診察する。

「どうだいアイリスちゃん」

「見た目ほど傷口は、酷くありません。転がってしまった時に刺さった枝が逆に栓の役割をしていたみたいですね。けど、ここに来るために無理やり歩いたせいで、中で歪んでいます。ずっとそのままだといつ血管に小さな木片が入るかわかりません。すぐに治します」

「良いのかい？」

俺の問いはアイリスちゃんが『聖女』の力を行使しようとしていることについてだった。

「目の前の救える命を見捨てるなんて、医療の心得のある人にとっては恥です。それに、考えがあります。いきますよ？」

「え、え。ちょっと待っ」

「我慢してください、すぐ終わりますから。大人なんでしょうっ」

ビーリーの制止も聞かず、アイリスちゃんは彼の足に貫通した枝を、折らずに器用にすっぽ抜く。

途端に溢れ出す血だが、アイリスちゃんが手早く治療する。

（いや、あれは『聖女』の癒しの力を要所要所に使っているのか）

よく見れば傷口に薬を塗る時に細かく『聖女』の力で癒している。アイリスちゃんの技量が卓越しているのもあって殆ど動きも見えない。

やがて処理が終わったアイリスちゃんが植物でできた包帯を巻く。

「終わりました。痛みはどうですか？」

「お？　おぉ、痛みが殆どねぇ。傷が治った？　こんなに早く⁉」

「エルフの秘術です」

「いや、おかし」

「エルフの秘術です」

「あの」

「秘術です」

有無を言わせぬ圧で『聖女』の力で癒したことを誤魔化したアイリスちゃん。

最初こそ、痛そうな治療に引いていたファッブロが話しかける。

「よかったな、ビーリー」

「あぁ。正直、この足はもうダメかと諦めていた。ありがとう、嬢ちゃん。でも、俺の愛馬が」

「失礼。俺はアヤメといいます。魔獣に襲われたらしいけど本当だろうか？」

俺はビーリーという男性に尋ねる。

「あ、あぁ。俺の愛馬なんかより遥かに大きな狼だった」

俺の問いに対して彼は顔を青くしながら身振り手振りで大きさを表す。それに対して兵士達が不安そうな声を出す。

「おいおい、まじかよ」

「そんな奴が村にまで現れたら、どうしようもないぞ」

「情けないぞ！　僕達が村を守るんだろ⁉」

「そ、そうは言うがな、ラティ坊」

ラティオくんが憤慨するも他の兵士達は萎縮しているようだった。

「むぅ、情けないです」

「それもそうだが、まぁそもそもこの辺りに魔獣が出ること自体少なかったんだ。近くの深林の中で魔獣達の生態系が完成していたからな。だからちょっとは、考慮してやってくれや」

　ファッブロが苦い顔でアイリスちゃんに語る。その間も俺は考え込むように顎に手を当てる。

「とはいえ、村の近くで大型の魔獣が出た以上この辺りを縄張りにする可能性は否めない。それに、今回のことで味を占めたら幾度も村に近づいてくる可能性があるね」

「住み着かれたら厄介ですね。迂闊に村の外に出ることができなくなっちゃいます」

　村の兵士達も魔獣に怯えている。ラティオくんはやる気こそあるようだが、俺から見ても強いとは言えない彼では厳しいだろう。その時、黙っていたファッブロが口を開いた。

「兄ちゃんよ、その剣も机のことも金はいらねぇ。その代わり、一つ頼まれ事を聞いちゃくれないか」

　不敵に笑うファッブロは、その人相に似合う悪人顔だった。

◇

　ザッザッと森林特有の落ち葉を踏みしめながら俺達は歩く。森を歩くのは既に慣れたものので、その足取りに迷いはない。背にファッブロに頼んで融通してもらった野営用の道具を入れたバッグを背負いつつ、歩き続ける。

「森から出たと思ったらまた森にとんぼ返りなんてつくづく森に縁があるらしい」

あの後ファッブロから頼まれた内容は人里に現れたという魔獣の討伐。

ファッブロが語るに、最近オーロ村では見かけない魔獣が増加自体はしていたらしい。

それでも、人を積極的に襲う種はいなかった。

しかし、それもここまでだ。

遂に被害者が出た。それも見たこともないほど巨大な魔獣。それの討伐に俺が選ばれたのだ。

「確かに折角村に来たのにこれでは意味がありませんね。嫌なら断ればよかったのでは？」

「いいや、そんなわけにはいかない。村の人達はこの森に住む例の魔獣の所為で外からの物資がなくて困っている。これも人を救う為さ」

「借金を返す為なのでは？」

「それは言わないでくれるかな……」

痛い所をグリグリと突いてくるアイリスちゃん。この子、意外と容赦ないな。

「真面目にしろよ。遠足じゃないんだぞ」

そんな様子に苦言を呈す声が後ろから聞こえた。

誰であろう、そうあの詰所で俺を事情聴取したラティオくんだ。

「いや、あまり気を張り詰め過ぎてもね。それよりなんで君はついて来たの？」

「決まっている。お前の監視だ。何か村に対して害を及ぼさないかのな」

「ファッブロさんから頼まれたのを見ていただろう？」

「だとしてもだ！　お前が怪しいのに変わりはない！　だから見張る。それだけだ」

肩をすくめて語るもラティオくんは警戒を解かない。

閉鎖した所では余所者に対して厳しいというが彼の場合村を守るという意識が強過ぎるのだろう。

それ自体は好ましいけど、ずっと見張られるというのも中々落ち着かないな。

「そんなに言うなら貴方が行けば良いのです。そもそも貴方の村の問題なのです。貴方も村を守る『兵士』ならそれくらい出来るのでは？」

「元々、魔獣が増加した時に森を探索しようと思ったけど他の兵士達に止められた。お前じゃ無理だって」

「あぁ～」

「あぁ～、とはなんだ！」

「まぁまぁ、落ち着いて。あんまり騒ぐと他の魔獣が寄ってくるかもしれない」

アイリスちゃんの納得したような頷きに憤るラティオくんを宥める。魔獣と聞いてラティオくんの顔が強張る。

何だかんだと言っても魔獣は怖いのだろう。話を聞くに『兵士』になったのも最近らしいし。

（それでも俺に同行したのは監視という名目で何とか自分で村を守りたいと思ったのかな）

そんな風に思いながら歩いているとふと、俺は思った。

「しかし魔獣か……」

「どうしました？」

「いや、少し疑問に思ってね。魔獣も魔物も、どちらも人を襲うのには変わりないが魔物の時とは違ってすぐに国で人が派遣されないから、こうも対応が違うのかと思ってね」

魔獣も魔物もどちらも人を襲う。

最も、その成り立ちからして違う種類ではあるが。

しかし魔物はすぐに国が動くのに対して魔獣はそうではない。確かに村や町が無くなるような強力な魔獣や魔獣の侵攻（パレード）の時には動くけど、それくらいだ。

いや、確か魔獣に対しては確かお金を払えば討伐してくれる組織があったような気がする。なんといったかな……。

「確かにそうですね。でもそれには理由があるのです。そもそも人の一部は魔獣も魔王軍の手先だなんて言いますが全く違うのです」

「そうなのかい？　あぁ、でもそこら辺は習ったな。体の構造から違うって」

「はいなのです。魔獣はそもそもが生きる獣が魔力を持って変質したもの。だからこそ、魔物と違い明確に人を襲う意図があるとはいえません。彼らも生きる為に襲うのですから、彼らからすれば悪意から襲うわけではないのです。そこが魔物とは異なるのです。勿論直接的に被害が出たらその限りではありませんけど」

「へぇ……人の生活を害するからと魔獣を倒してきた俺には耳が痛い話だよ」

「エルフは長生きですから、魔族が生まれる前のことも知っているのです。更にわたしは博識なのです。里でもよくそんなこと知ってるねと近所のお兄さんに褒められました！」

「そういえば、流石の魔王軍もエルフのいる地域はなるべく避けているって聞いたね。なるほど、向こうもエルフの強さを。身をもって知っているわけなんだね」

「ふっふっふー、わたしにかかれば例のはっせんしょー？　だがなんだか知りませんが魔王軍の幹部なんてお茶の子さいさいです」

「それはどうだろうか」

　確かにエルフは多才だ。アイリスちゃんを見てるとそう思う。

　そもそもエルフには様々な逸話がある。曰く一晩で街を生命の宿らない砂漠に変え、逆に何もない荒野を緑溢れる土地にしたとか。内容だけでも正反対だがそれだけのことをなせるのがエルフだ。有象無象では勝ち目がない。

だがそれを上回る能力を持っているのが魔王軍である魔物ひいては魔族だ。

魔王軍の中で特にやばいのがあのベシュトレーベンだ。奴は山を拳一つで消し飛ばすほどの力を持っていた。もしあれが人の密集地で使われれば一体どれほどの被害が出てしまうだろうか。

他の八戦将も俺の知る限り人類に被害を与えている。

結局俺は『爆風』しか倒せず、他の八戦将については余り知らない。あの時に会った『豪傑』のベシュトレーベンと『氷霧』と『迅雷』の三人。あと知っているのは『砦城』だけだ。八戦将の半分くらいは未だ不明なのだ。

俺にもっと力があれば、あの時三人の内一人を討ち取れただろうか。

（いや……）

やめよう、魔王軍と戦うことばかりを考えてしまうのは『偽りの勇者』だった頃の悪い癖だ。今の俺はもう勇者ではないんだ。後のことはユウとメイちゃんに任せよう。俺は二人とは別の道で人を救う。

「さっきから話ばかりしていて真面目に探索する気あるのか？」

「あるよ、すごいある。まぁ、そんなに目くじら立てなくてもちゃんとするさ」

「どうだかな……。さっきの魔物を倒したとかのも嘘なんだろ？」

「嘘とはなんですか！　アヤメさんは本当にむぐっ」

「はい、アイリスちゃん。俺の為に怒ってくれるのは嬉しいけど、少し静かにしておこうか？　話が進まないからね？」

　このままではまた喧嘩になりそうだと思った俺はアイリスちゃんの口を塞ぐ。

　ふう、これで先に進めそうだ。

「おい、なんかその娘、嬉しそうだぞ」

「えっ」

「むふふ～」

　俺に口を塞がれたアイリスちゃんだが、何故かご機嫌に耳を動かしていた。

　その後、予定の場所に着き周囲を探索する俺達。

　しかしその甲斐あってか、やはりというべきか目的の痕跡はあった。

「アヤメさん此処にもありましたよ」

「本当だ。さっきと同じ足跡だね」

「乾き具合からここを通ったのは最近です。それに足跡の多さから頻繁に訪れているのは間違いありません」

「そうか……」

アイリスちゃんの話を聞いて俺は決めた。

「うん、ここで良いかな」

「なんだ？　やっと魔獣を探しにでも行くのか？」

「いや、そうじゃないさ。今日はここで野宿する」

「……は？」

ラティオくんが初めて少年らしいあどけない表情をした。

◇

日が沈み始め、辺りが俄かに暗くなり始めた頃。

背負っていたバッグから野宿用の道具を取り出し、あれよこれよという間に俺は野宿の準備を行った。

途中、アイリスちゃんに焚き火の準備を任せた俺は颯爽と野うさぎを狩り、それを用いた料理を作っていた。

「アイリスちゃん、胡椒とってくれないかな。バッグの中に入っていたはずだ」

「これですね、はいどうぞ」

「ありがとう。焼いただけじゃ味気ないからね」

俺は焚き火から焼けたうさぎ肉に胡椒をかけてかぶりつく。うん、味はあっさりしているけどその分胡椒の味によって引き立てられて、とても美味しい。

野うさぎを捌く際に、潤んだうさぎの瞳に若干罪悪感が宿った俺だけど、横からアイリスちゃんが短剣で首を鮮やかに掻っ切った。

曰く『森の中で何度も狩ったことがあるので何も思わない。それよりも無駄に長引かせず、早く楽にしてあげるほうが良い』とのこと。エルフって怖い。そしてアイリスちゃんほんとに容赦ない。

それでもきちんと命を奪った後、祈りを捧げていた。その姿に俺は好感を覚えたのだった。

「……なぁ、こんな悠長に飯食ってていいのかよ」

「なんだい、ラティオくんもお腹が空いたか？　ほら、此処とか美味しそうだよ食べてみるかい？」

「い、いらねぇよ！　僕には保存食があるからな！」

そう語り彼は僅かに持って来ていた保存食を齧る。そしてすぐに顔を顰める。

「保存食なんかよりも焼き立ての方が美味しいと思うけどなぁ。それにこれは君への正当な報酬だよ」

「報酬だと？」

「だって君、準備を手伝ってくれたじゃないか」

色々と悪態をつきながらもラティオくんは野営の準備を手伝ってくれた。

「だから貰って欲しいんだよ」

「……まぁ、そういうことなら」

ラティオくんが俺の手からうさぎ肉を受け取る。

「最初から素直に受け取りましょうよ。子どもじゃないんですから」

「う、うるさいなっ。お前も子ども……あ、エルフだから違う。婆ちゃ」

「植物の贄にしますよ？」

「ヒィ！！？　わ、悪かったって!!　……あ、これうまい」

アイリスちゃんの圧に怯えながらも、ラティオくんはうさぎ肉を齧り、軽く笑みを浮かべる。

うさぎ肉は癖がないからこそ、サクサク食べられる。狸とかはちょっと癖が強くて俺は苦手だ。

そんな風に談笑しながら過ごしていると、不意に風の音に紛れてガサリと静寂の中で微かに音が聞こえた。

……来たか。

「魔獣を倒すとか言ってこんな所でのんびり飯を食べて……結局倒す気はないのかよ」

「別にサボっているわけじゃないさ」

「何？」

「相手は魔獣。前にビーリーという『兵士』が襲われた途中にあった足跡。それと同じ足跡が此処には沢山あったんだ。足跡に新しいのと古いのがあるから此処はそいつが頻繁に訪れる場所。俺達は今、縄張りに入っている可能性が極めて高い。つまりこんな夜に焚き火をして、かつ肉を焼いている俺らは格好の的というわけさ」

言うや否や暗闇(くらやみ)の茂(しげ)みから気配を消した一撃がラティオくんに向かって放たれる。俺はすぐさま動き、彼を掻っ切ろうとした相手の爪(つめ)を剣で防いだ。

「ま、こんな風に」

「ひぃっ⁉　わ、たたたた」

「下がって。アイリスちゃんも」

そう告げる俺だがラティオくんは腰が抜けたのか動きが遅い。それを見たアイリスちゃんがやれやれと溜息を吐く。

「やれやれ、世話がやけるのです……【森の母よ、森の同胞よ、森の精霊よ。わたし達をその手で、心で、思いで守ってください、樹木の護り】」

ザワザワと足元から木の根っこが現れ、根っこと枝が交差し二人を包み込むように纏まっていく。

何だ、あれは？　魔法か？　いや、今はそんなこと気にしている暇はないな。

「アヤメさん、こっちの生意気坊主はわたしが守っておくので安心してください」

「わかった。……なるほど、納得の大きさだよ。それだけあれば馬も殺せるだろうな」

〈グォオォォオォン……！〉

炎で照らされて姿が露わになったのは黒い体毛に金と白の模様が入った狼。

大きい。存在感も相まってまるで巨大な岩のようだ。それでいて、研ぎ澄まされた剣のような危険な雰囲気を纏っている。

「マ、〝金白狼〟」

ラティオくんがおびえた声で名を呟く。あの魔獣は、そんな種族名なのか。

〈グルルル！〉

観察していると身体中に最近できた傷を見つける。縄張り争いにでも敗れたのだろう。

それ抜きにしても立派な体躯の魔獣は、まさしく〝金白狼〟ともいえる程に美しくて強力な狼だった。

　ずっと剣で押さえ込んでいる今も尋常でない力で押し込んでくる。

　俺は渾身の力を込めて爪を弾き飛ばし斬ろうとするも、〝金白狼〟は容易くそれを躱した。今も不用意に近づこうとせず此方を睨んで窺っている。

〈ハアッ、ハアッ、グォオォォン……！〉

　いや、よく見ると息が荒い。もしかしなくても消耗しているのか？　その状態で縄張りに入った俺達を排除しようとして、そして思ったよりも手強くて困っているのか。

「あの、アヤメさん！」

「なんだい？」

「もしよろしければ、僅かでも会話させていただけませんか？」

　その言葉に俺は軽く驚く。

「会話？　出来るのか？」

「はい！　流石に自由自在とまではいきませんけど意思の疎通くらいは出来るはずです！なにせエルフですから！」

　アイリスちゃんは俺に懇願する。

『魔獣使い』なら魔獣の言葉を理解出来るが、アイリスちゃんもある程度なら理解出来るらしい。敵意がむき出しであり、勝算は低いと思うが俺は彼女がそう言うならと一度託してみる。無論、警戒は怠らない。

〈グルル‼〉

「お願いです、答えてください。何故、人を襲ったのですか？　何か、余程の理由があったのですか？」

〈ガルァァァウッッ‼〉

アイリスちゃんが必死に言葉を告げるが、一蹴するように〝金白狼〟は吠える。

「アイリスちゃん。残念だけど、交渉の余地はないようだ」

「……わかりました。アヤメさん、どうかお気をつけて」

「あぁ」

落胆するアイリスちゃんと入れ替わるように俺は前に出る。

吠えた時、飛びかかるかと思ったが、そうでもない。

奴はアイリスちゃんと会話している時も、俺から視線を外さなかった。恐らく、不用意に飛びかかれば、俺が斬りかかることに気づいていた。

「賢いね、君は。……念の為やってみるかな！」

試しに焚き火を蹴って火のついた薪を当ててみる。

予想はしていたけど全く火を怖がっていない。まぁ、これは予想出来ていたことだ。

焚き火を挟むように俺と〝金白狼〟は対峙する。

〈ガルゥゥガッ!!〉

「おっと」

激昂したのか焚き火を乗り越え凄まじい速さで爪を立てる〝金白狼〟。それを俺は見切り背後に跳んで躱すと、次はその鋭利な牙が並ぶ大口を開けて喰らおうとしてきた。

今だ！

「そらっ！」

〈キャウンッ!? が、ガァッガァッ！〉

鼻の間近でアイリスちゃんから貰った胡椒をばら撒く。勿論俺は嗅がないように気をつける。嗅いでしまった〝金白狼〟は大きくクシャミをする。

その隙を俺は見逃さない。すぐさま剣を振るい、首を搔っ切る。

〈ガァッ！　グ、ググォン……クォォ……ン〉

〝金白狼〟は避けようとしたが避けれなかった。

最後に何かを案じるような、か細い声をあげて〝金白狼〟は倒れた。

「あんな化け物を一瞬で……」

「アヤメさん！　胡椒をそんな勿体ない使い方しないでください！　勿体ないです！」

驚くラティオくんに、怒るアイリスちゃん。

俺はごめんとアイリスちゃんに謝る。

「奴の隙をつくにはこれしかなかったんだ。下手に手負いで逃してしまうとまた被害が出てしまう可能性があったから。一瞬で仕留める必要があった。でもこれで頼まれた事は達成できたかな……」

「そう、ですね。土に還った生命よ、どうか安らかに……」

アイリスちゃんが死んだ〝金白狼〟に祈りと花を捧げる。人襲った魔獣だ。それが討伐されたことに安堵する人は居ても、祈る者はいない。

俺は、そんな中祈るアイリスちゃんの姿が美しく見えた。

「……………」

「どうしたのですか？」

「いや、君は優しいなと思ってさ」

魔獣を倒して祈る人はそういない。

『魔獣使い』や『竜騎士』なら自ら契約した魔獣が死んだ時悼んだり、弔ったりするが、大多数の人にとって魔獣とは脅威だ。基本的には、共存出来る一部を除いて駆除する対象である。

「わたしはエルフ、『自然の調停者』です。たとえ生前いかなる悪行や悪事を行おうとも、関係ありません。命は巡り回ります。その旅路が安らかになるように祈るのは当たり前なんです」

「そうか。立派だね」

俺はアイリスちゃんに倣って殺した〝金白狼〟の側に膝をつく。そのまま、暫し黙祷する。

それが済んだ後、俺は気にかかっていた〝金白狼〟の脚の怪我の部分に触れた。

「どうかしましたか？」

「いや……さっきの動きから、どうにもこの個体は予め傷を負っていたんだよね。額の傷も、この脚の怪我も。特に脚の怪我のせいで俺の剣を躱すことができなかったようだし」

脚の怪我が無ければ俊敏な動きが出来て、俺ももっと苦戦しただろう。そう確信するほど、この〝金白狼〟からは怪我の影響を感じた。

（そもそも、俺ってこんな速く動けていたか？）

それ以外にも、俺は自分の体の変化を感じていた。〝金白狼〟と呼ばれた大狼を職業や技能の力も無しにあっさりと倒せるほど、俺は強かったか？

「こ、こんな化け物に傷を負わせる奴がいるのかよ」

俺の言葉にラティオくんが恐れ慄く。その様子に俺は一旦思考を区切る。

「いや、あくまでも予想だよ。ただの縄張り争いか、不注意で怪我をしたのか。それ以前の古傷が痛んだ可能性もあるし。だがそれよりも、この狼、何か別のことに気を取られていたというか……」

〈カァァァウッッ!!〉

別の鳴き声が聞こえ、二人の前に立ちすぐに俺は声の元に剣を向ける。だが現れたのが予想と違い困惑する。

「っ！　子ども……か？」

そう、狼の子どもだった。

あの〝金白狼〟と大きさは比較するまでもない子どもだったのだ。目の前の子ども……子狼は俺を睨んでいたけど親の姿を見て一目散に駆け寄り悲痛な声をあげる。

あぁ、わかるとも。子狼は俺が殺した〝金白狼〟の子どもだ。俺は一歩近づく。

「君の親は俺が殺した。その事実は変わらないし、そのことに対して俺は謝罪しないよ」

〈ガウゥゥ……！〉

「君を逃せば恨みから人を襲うかもしれない。だから、遺恨を残さないために君を殺さなきゃならないんだ」

これは必要な処置だった。うさぎとは違い、狼は村を襲う。この子狼が親を失った後無事に成長出来るとは限らないが、成長したら必ずあの村の脅威となるだろう。

だからこそ後顧(こうこ)の憂(うれ)いを断(た)つ必要があった。懸命(けんめい)に睨む子狼に、せめて苦しまないようにしようと剣を握りしめると、

「アヤメさん、待ってください」

俺の袖をアイリスちゃんが掴(つか)んだ。

「アイリスちゃん？」

「確かにこの親狼は人に危害を加えました。それは人の世で生きていくならば許されないことです。でもあの子は違います。まだ大丈夫です。やり直せるのです」

「だが此処(ここ)で放っておいても恨みを抱(いだ)くだけじゃないかい？」

「そうならないようにわたしが育てます。それにあれは良いもふもふになるのです」

「……もふもふ？」

「はい、もっふもふです」

キラキラした目でこちらを見上げる。

いや、そんなこと言われても。

「アイリスちゃん、確かに今はこの子狼が人を傷つけないと思っても成長すれば人への恨

みから傷つけない保証はないんだよ？」

「大丈夫です、ちゃんと育てますから」

「そんな犬猫じゃないんだから」

「犬ですよ。ですよね、ジャママちゃん」

「もう名前もつけちゃってるよ」

物怖じせずに近付くアイリスちゃんに子狼は唸りを上げる。俺は一応いつでも剣を抜ける態勢を整えておく。

「貴方が親を喪って悲しいのはわかります。不安なのですよね。でも、大丈夫ですよ。貴方は一人じゃないです。これからはわたしが一緒に居てあげます。貴方の親を奪ってしまったことについては、わたしは謝ることはできません。彼女もまた生きるために人に危害を加えたのですから。だけど、貴方はまだ大丈夫です。貴方がちゃんと立派な大人になれるまでわたしが面倒を見ます。親を殺した相手の言うことなんて信じられないかもしれません。けど、信じてくれませんか？」

真摯な言葉と慈愛の表情で語るアイリスちゃんにジャママと名付けられた子狼は困惑する。

「もしかして」

俺には、もふもふだと言っていたがあれはもしかしてあの子狼を助ける為の詭弁だったのだろうか。確かに、あの言葉で俺も気勢を削がれてしまった。

暫し、アイリスちゃんと子狼は視線をかわす。

緊張の瞬間。

ジャママと呼ばれた子狼は、恐る恐るアイリスちゃんに近付く。それを受け入れていった。そこにはもう先程までの敵意はない。

……仕方ないか。

その様子を見て俺は剣を下ろす。仕方ないかと思う俺はやっぱり甘いのだろうか。

「ま、待てよ！　そ、そんな危険な魔獣の子ども。村に入れられるわけないだろ！　誰か死んだらどうするんだ！」

「あなた、こんなちっちゃい子が人一人殺せると思っているのですか？」

「そ、それは……だがっ！」

〈ガァウッ！〉

「ひいっ！　へぶっ、あがっ！」

「あっ」

ジャママに吠えられ後ずさったラティオくんが足元の根っこに引っかかって後頭部から

頭を木に直撃した。

「あらら、完全に気絶しているよ」

「情けないです。さっきも腰を抜かしていましたし」

「辛辣だね」

「事実なのです」

アイリスちゃんはジャママを抱き上げる。そのついでに頭を打ったラティオくんを介抱していた。とはいえ、ラティオくんの懸念は至極当然だ。

「事情を説明する必要があるな」

アイリスちゃんはジャママの命を助けるためにジャママを説得した。

なら、人を説得するのは俺の役目だろう。

この後俺は気を失ったラティオくんを背負い、一度村へと戻りラティオくんとアイリスちゃんを戻した後再びあの〝金白狼〟の死体を取りに戻った。

血抜きをしても尚、〝金白狼〟は正直かなり重かった。それを何とか背負う。

「ん？　これは、羽根か？」

その時、さっきは気付かなかった白い大きな羽根がひらりと一つ落ちたのだった。

◇

陽が完全に沈む少し前。

帰ってきた俺達は兵士達にラティオくんを託す。

アイリスちゃんとジャママを先に宿に戻し、村長宅を訪れジャママのことを含めて事情を説明する。その後、俺はファッブロの店を訪れた。

相変わらず閑散としている店の奥で作業をしている所だった。

「ん？　おう、兄ちゃん！　早い戻りじゃねぇか」

手を上げ、歓迎するファッブロ。俺も手を上げて挨拶する。

「ダメだったか？　まぁ、気にするな。相手は魔獣、見つからないこともある。それに怪我がないなら」

「いや、倒したよ」

「へ？　まじでか？」

「大真面目さ。すぐ側に置いてあるから、見てくれ」

ファッブロを案内する。騒ぎを聞きつけたのか、もう夜に差し掛かっているにもかかわらず、周囲には人だかりも出来ていた。馬を殺されてしまったビーリーと呼ばれた男性もこの魔獣で間違いないと証言している。

「まさか本当に討伐するとは……」

ファッブロはあんぐりと口を開けて目の前に横たわる〝金白狼〟を見ていた。

そしてその際の一言がこれだ。

「いや、頼んでおいてそれはないだろう？」

「確かに兄ちゃんの腕ならもしかしてとは思ったさ。だがこうも容易く討伐するとは。しかも〝金白狼〟ときたからな」

「容易くは無かったさ。もしこの個体が万全の状態なら今の俺の武器じゃちょっと厳しかった。倒せたのは隙をつけたのと、既にこの個体が弱っていたおかげだ」

「……確かに色んなところに傷があるな。首の傷は兄ちゃんの剣だとわかるがそれ以外のこれは剣じゃなくて、湾曲を描いた鉤爪のようなものの傷痕だ」

そっと毛皮に触れるファッブロは一体何で傷ついていたかわかるようだった。

「流石に何の魔獣によって傷つけられたかは知らんが、まぁ大方縄張り争いか何かがあったのだろう」

「俺もそう思うよ。それとその狼だが、実は子どもがいたんだ。今はアイリスちゃんが一緒にいてどうも飼うって聞かなくてね……」

「何？　危険性はないのか？」

「今は子どもだからね。人の幼子ならキケンだが、大人なら殺されることはないだろう」

「そうかもしれんが……」

「それにもしジャママが人を襲うように成長したら……俺が殺す」

そこだけは譲れない。

もし仮に見逃して逃げ出したあの狼が人を襲うようになれば無関係の人が傷つくことになる。

同じ惨劇を繰り返す気はないから。

俺の顔から決意を感じ取ったのか、ファッブロはわかった、と頷く。

「ま、そこまで言うなら俺はもう何も言わねぇよ。そもそも魔獣を討伐した後の権利はお前さんにあるしな」

「信じてくれるのか？」

「男が自らの尻を拭うって語ってんだ。なら余計なことを言うのはヤボってものよ」

「すまない、感謝するよ」

「気にすんな。それでコイツだがどうする？　なんなら、防具も作ってやるぞ？」

「それは有難い。けど、遠慮するよ。この〝金白狼〟はあとで丁寧に埋葬するって決めているんだ。ジャママの親の素材で作った防具を俺が着ていたらきっとジャママは親のことを思い出してつらい思いをすると思うから」

　これだけ立派な狼の毛皮であれば、鉤爪で傷付いていようが高く売れるであろうし防具も作れる。でも、俺は埋葬することに決めていた。

　被害を受けたビーリーには悪いけど、彼には金となるほんの一部の部分の素材だけを渡すことで補填としてもらう。大体の所には手をつけないつもりだ。

「あぁ、そうだな。そうかもしれない。こっちも少しばかり無神経なこと言っちまったな。すまねぇ、兄ちゃん」

「こっちこそ、折角の好意をすまない」

「良いってことよ。なら明日にでも村長に話して報酬を捻出しておこう」

「良いのか？　元々ファッブロの店を滅茶苦茶にしてしまった詫びのつもりだったんだが」

「それはそれ、これはこれだ。この魔獣には村全体が悩まされていた。なら兄ちゃんは俺達の村の恩人さ。金だって出るだろう。最もあんまりこの村にはないんだけどな……」

「そんな大金を求める気もないよ。そうだ、一つ尋ねたいことがあるんだ」

「あん？　何だ？」

　俺は懐から一枚の羽根を取り出す。ファッブロは怪訝な顔をした。

「何だこりゃ？　鳥の羽根か？　にしてはデケェな。どこでこれを？」

「ジャママの親の〝金白狼〟についていたんだ」

その言葉にファッブロが真剣な表情になる。

「あの大きな〝金白狼〟にだと？　間違いないか？」

「あぁ。だから俺はジャママの親を傷付けることの出来た生物のモノじゃないかと睨んでいる。ファッブロ、この羽根に何か心当たりはないか？」

「……いや、すまねぇ。色んな魔獣の素材はみたがこれが何なのかはわからねぇ」

「そうか」

「ただ、そうだな。なんか嫌な気配が微かに漂うのはわかる」

ファッブロの言葉は俺自身も感じていたものであった。

大きい以外、何の変哲もない羽根。しかし、俺は何だか胸がざわついて仕方がない。

「すぐに知り合いに知らねぇか尋ねてみるぜ」

「あぁ、ありがとう。もしかしたら、それによって最近魔獣がこの近くに現れ始めた理由もわかるかもしれない」

そう、〝金白狼〟は討伐出来たがそれはあくまで一時凌ぎだ。根本的な原因を突き止めなければまた同じことが起きるかもしれない。

「それじゃ俺は一旦宿に戻るよ。もしもはないと思うけどアイリスちゃんも心配だ」

「へーへー、本当にお兄ちゃんだな」

「ははっ、揶揄わないでくれ。それじゃまた明日」

それだけ言って俺はファッブロと別れた。

この村唯一の宿に戻ると朝用の料理を仕込んでいた女将さんが挨拶してくれる。

「お帰り、あんたの連れなら二階の奥の部屋だよ」

「あぁ、ありがとう女将さん」

女将さんに言われ上がっていくと廊下の奥からドタドタと何やら走る音が聞こえてきた。

「待って～！　待つです！」

「あぁ、アイリスちゃ……いっ⁉」

とてとてと走ってくるアイリスちゃん。

視界に捉えた俺は顔が引きつった。

そんなアイリスちゃんは全裸。そう全裸なのだ。

一糸纏わぬ姿から見える肌は瑞々しく、張りがある。少し濡れた髪は年不相応な色気と艶があった。

「捕まえたです！　もー、勝手に逃げ出して！」

〈キャウンッキャウンッ〉

「いやがっちゃ駄目です。ジャママは汚れていますから綺麗にしなきゃいけないのです。エルフ秘伝の樹脂石鹸！　これを使えばお肌ツルツル、髪の毛しっとりになるのです！
……あれ、アヤメさん？」

アイリスちゃんがこちらに気付く。

まずい。一度だけメイちゃんの裸を見たことあるがその時は叫ばれ、部屋に閉じこもってしまった。その後、罰として顎に一撃食らわされて朝まで気絶していた。ユウが介抱してくれなかったら俺は情けない姿を路地に晒していただろう。

女子にとって裸を見られるというのはそれだけ嫌ということなのだ。

案の定、アイリスちゃんもそのままとことこと近寄って……いや、待て⁉

「おかえりなさい、アヤメさん。どうでしたか？」

「いや、待ってなんでそんなに冷静なの⁉」

「何がですか？」

「だって、アイリスちゃんは、裸じゃないか」

動揺している俺に対して、アイリスちゃんはキョトンとしている。

「あぁ、そのことですか。ふふふ、アヤメさんは初心ですね。わたしはアヤメさんになら見られても良いですよ。何故ならからだはぱぁふぇくと！　何処も恥じる要素などないのです！　びゅうてぃふる！」

ドヤァと薄い胸を張るアイリスちゃん。その身体は確かに線が細く肌もきめ細かい。金髪も相俟って人形のようだ。

だがその姿は大人の魅力とは程遠く、身体に凹凸がなく、お腹もイカ腹と呼ばれる幼児腹だ。

「確かに君の容姿は可愛いかもしれないっ。誇れるだろう。けどだからといってそのままの姿でいるのは些か以上に不味いから！　世間的にも俺が犯罪者になっちゃうから」

「ええ〜……、あ、ならアヤメさんも一緒に水浴びを」

「しないから！」

グイグイとアイリスちゃんの背中を押して部屋に入れた後バタンと扉を閉める。そのまずるずるとドアを背に座り込んだ。

そのまま俺は片手で仮面のない方の頭を覆う。

「もしかしてエルフって貞操観念が低いのか……？　いや、貞淑さが何より求められるって聞いたことも……ならアイリスちゃんのあれは一体……まさかそんな性癖というわけじゃ、いや、いや、しかし」

真面目にアイリスちゃんの情操教育を考える俺だった。

◇

あの後「もう入って良いですよ」という言葉に若干警戒しながら入った俺だが、アイリスちゃんはキチンと寝る為の洋服に着替えていてホッとした。

「ふわぁぁ、やわらか～い」

〈カゥウ〉

暫くしてアイリスちゃんは恍惚とした表情で乾いたジャママの毛並みを堪能していた。満更でもないのかジャママも気持ちよさそうに目を細めている。

「むふふ、もふもふです。もっふもふのもっふもふ～」

「そんなにか？」

何度もジャママのお腹に顔を埋めたり、撫で回し恍惚とした表情を浮かべるアイリスちゃんに好奇心をくすぐられ、思わず手を伸ばし触れようとする。

〈ガァウッ！〉

だが、ジャママは俺の手を自らの手で弾いた。おまけに野生全開で睨まれる。

「やれやれ、つれないよ」

「しょうがないのです。アヤメさんはジャママの親の直接的な仇ですから。……この子も言われたこと自体は納得はしているのです。でも、言い方が悪いです」

「事実は事実だからね。俺はもう嘘をついたりする気はないから」

嘘ばかりをついてきたんだ。だからもう嘘はつきたくない。

少しばかり自嘲気味に笑う。

アイリスちゃんは、そんな俺の様子をじっと見つめた後立ち上がる。

「しょうがないのです。ジャママは毛並みを触らせるのが嫌だと言うので代わりにわたしの髪を触らせてあげます」

「え、待って話の飛躍についていけないんだけど」

「安心してください。わたしの髪は高級な天蚕糸に勝るとも劣らないと自負しています」

「そこは絹糸とかじゃないんだ。というか、天蚕ってなんだい？」

「蚕の親戚です」

いや、蚕も知らないんだが。

アイリスちゃんはジャママを抱えたまま、無理矢理俺の膝に座る。そして「んっ」という声とともに後頭部をぐいっと近付けてきた。

これ以上拒否するのは失礼かと、髪に触る。サラサラとした感触だ。その感触に昔一度だけ撫でたことがあるのを思い出した。ふと俺はアイリスちゃんの髪がまだ湿っているのに気がついた。

「アイリスちゃん、髪の毛がまだ少し濡れているよ」

「そうですか？　ジャママを乾かすのに夢中でちょっとおざなりだったかもしれません。でも、そのうち乾くのです」

「ダメだよ、折角綺麗な髪をしているんだから大切にしないと。何か、髪を梳く道具はあるかい？」

「それなら小道具入れに入っているのです」

アイリスちゃんがポーチを渡す。

そのまま中にあったタオルで水気を取りつつ、手で軽く解し、櫛で梳いていく。アイリスちゃんは気持ちよさそうに左右に軽く揺れる。

「アヤメさんうまいです。母様以外に梳いてもらったことはないですが、それに負けず劣らずです」

「はは、どうもありがとう。幼い頃からメイちゃ、ちゃんの髪をよく解した経験があるからね。この手のことには手慣れているんだ」

「メイちゃん？」

「あ」

やばい。地雷（じらい）を踏んだかも。顔は見えないが、圧を感じる。

ダラダラと冷や汗が出る。アイリスちゃんはぷくぅーと頬（ほお）を膨らませる。

「なんですか、なんですか！　わたしという女がいるにもかかわらずいつまでも過去の女ばっかり！　こうなったらわたしの髪で上書きします、あっぷぐれぇどです！」

「いたたたたっ！　頭を顎に押し付けないでくれ！　って痛い！　ジャママも噛（か）まないでくれよ！」

〈ガァウッ！〉

アイリスちゃんは「ほらほらわたしの髪をよーく覚えてください」と頭を押し付けて来る。

飼い主（アイリスちゃん）に同調したのかジャママも俺の頭を齧（かじ）ってくる。

「痛い痛いっ、頭を噛むな、禿（は）げるだろう！」

あっ、なんか良い匂いする。って、痛（いた）ぁっ⁉

その後騒ぐ俺達は、うるさいって隣の部屋から怒られた。女将さんにも注意され誠心誠意謝罪した。

いや、『救世主（ヒーロー）』目指してるのに人に迷惑かけてばっかりだな俺……。

その日の夜は深く反省し、俺は就寝（しゅうしん）した。

◇

夢を見る。

救えなかった人々の絶望に歪んだ顔。

ユウとメイちゃんの、悲痛な顔。

それが浮かび上がった俺は、思わず起き上がる。

「はっ⁉　はっ、はっ」

息が荒くなり、動悸が収まらない。

しばらくの間、胸元を押さえながら俺は動悸が収まるのを待つ。

「やはり、そう簡単には克服出来ないか」

数分ほど経ち、やっと動悸が収まった俺は呟く。

そして、今更ながらかなり大きな音を出してしまったと気付く。

隣を見ればアイリスちゃんの金色の髪が見える。どうやら起こさずにすんだようだ。

「参ったな、こんな時間に目が覚めるとは」

木窓が閉まっていても、僅かに隙間は出来る。

差し込む光が無かったことから朝ではないとわかっていたが、まだまだ夜更けらしい。

水を飲み、夜風に当たろうと木窓を開ける。

「……綺麗な月だ」

青白く、まんまるとした月。

こんな風に月を見たのはいつぶりだろうか。

「ユウとメイちゃんは……元気にしているだろうか」

今は遠き、最早会うことも出来ない幼馴染に想いを馳せる。

元気にしているだろうか。落ち込んでいないだろうか。俺が、二人を騙してしまっていたことに傷付いていないだろうか。

涙が出てしまいそうになり、誤魔化すためにより月を見上げる。

月は、アイリスちゃんと出会った時と同じ、満月だ。

「うん……？」

月のところに何か小さな影が見えた。

遠過ぎるのか、ごま粒程にしかわからない影、一体何なのか気にかかった俺は正体を暴こうと目を細める。

「くしゅっ」

「おっと」

窓を開けていたせいか、冷たい風が入り込み、アイリスちゃんがくしゃみをする。

俺は、すぐさま木窓を閉める。そして、アイリスちゃんの様子を見る。

「にへへ……」

腕にはジャママを抱いて、幸せそうに寝ている。ジャママもまた、あれだけの暴れようが嘘のように大人しく寝ているようだ。

俺は風邪をひかないようにそっとかけてあった毛布を肩まで上げる。

「んみゅ」

その際に微かに身動き、毛布を掴んでいた俺の手を握ってくる。にぎにぎと感触を確かめると、そのまますぅすぅと寝息を立てる。

「こうして見ると本当にただの少女にしか見えないな」

そりゃ、エルフなんだから俺より年上だろうとは思う。でも、あどけなく眠る様は見た目通りの少女にしか見えない。長い耳がそれを否定するが。

「というか、親にはどう話したんだろうか？」

今まで気にかけていなかったが俺はアイリスちゃんがどう言って俺を追いかけて来たのか気にかかった。

俺の両親は既にいない。俺が幼い頃、病気になった俺の為に町に薬を受け取りに行った際に、魔獣に襲われて死んでしまった。

育ててくれた祖父と祖母も、魔王軍との戦いの最中に寿命で亡くなってしまった。

そりゃ、悲しかったさ。

父母の顔は殆ど覚えてないし、祖父母も魔王軍との戦争の途中でユウ達の親からの手紙で亡くなったと聞いた。どちらも死に目には、会えなかった。

でも、寂しくはなかった。

側にユウとメイちゃんがいたから。ユウは俺以上に泣いたし、メイちゃんは明るく振舞い俺を元気付けようとしてくれた。

そんな二人がいたからこそ、俺は心が折れることがなかった。

しかし、アイリスちゃんは違う。

初めて会った時も、里に帰ろうとしていたし家族もいるはずだ。

でも今は俺の側にいる。

「まさか家族に内緒で俺を追ってきたとは考え辛いし。それか、エルフはもうこの歳で一人立ちするのが普通なのか？」

エルフは寿命が長い。

大人が成人になるほどの年月が経っても、殆ど見た目が変わらないほど成長が遅い種族でもある。

俺達、人間の大人の定義がそのままエルフにも当てはまるのかはわからないけども。

そもそも、今の人類ではエルフとの交流など無いに等しいのだからその辺りの風習や慣習がどんなものか知る術もない。

色々と疑問は尽きないけど、考えた所で答えは出ないだろう。

「語り合う時間はいくらでもある。また君が起きた時に教えて欲しいな」

「ん～……」

優しく、語りかける。彼女は返事をするように、もぞりと動いた。

そのまま俺は自分のベッドに戻ろうと立ち上がろうとする。

「ん？　あれっ、手が離れな……ちょっ、力強いなっ!?」

「あやめさ～ん……あいりすは、ここにいますよ～……」

俺よりも柔らかく小さな手は、がっしりと俺を掴んで離さない。

もしや、ジャママが大人しくアイリスちゃんに抱かれていたのは懐いたのではなく、単に抜け出せなかっただけなのではと考えながら、結局俺はどうすることも出来ずアイリスちゃんと手を繋いだままベッドにもたれかかって寝た。

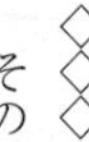

その日の夜。丸い月が、優しく大地を照らす。

生き物達の大半が寝静まり、逆に夜を得意とする生き物達のみが動く、静寂な世界。

以前、アヤメが潜んでいた森上空を、一つの影が飛んでいた。

「くそっ、奴め何処に行ったのだ」

舌打ちし、猛禽類特有の瞳を鋭くする。

かつてフォイルによって討ち倒された『爆風』のダウンバースト。

その配下である『三風痕』が一人『疾爪』のオニュクス。

かつてメイとユウを襲い、フォイルの反撃で傷を負った魔族。その姿は、直立不動の鷹であり、ダウンバーストを一回り小さくしたような姿であった。違いは、翼と腕が一体化していること。そして、手に普通の鷹にはない曲線を描いた鋭い爪にあった。

オニュクスは魔族特有である紫の瞳をギラギラとさせながら空から下を睨みつける。

「ダウンバースト様を打ち滅ぼしたあの偽物の勇者め!!　さっさと死ねば良いものを抗いやがって！　あいつもそうだ！　直接戦うなだと!?　ダウンバースト様の仇だぞ！」

己の上官を討たれたオニュクスは復讐に燃えていた。

ダウンバーストの死後、オニュクスは残った配下を率いて水の都アーテルダムから撤退した。一度魔界へと帰還し、すぐさま他の八戦将を動かして『勇者』を殺すことを進言した。しかし、その後下されたオニュクスへの指令はフォイル達の監視であった。

『何故すぐに軍団を送らないのかですか？　仮にも八戦将を倒したのです。杜撰な行動など起こすはずがないでしょう？　そもそも、滅ぼした後に帰還せよと命じたのに留まったのはダウンバーストさんの独断でしょう』

『お前が直接「勇者」を討つだと？　くだらん。出来もしないことを言うな。貴様にできるはずがないだろう』

　脳裏に浮かぶはあの光景。自身の前に立つ気味の悪い温和な笑みを浮かべる者と鍛え上げられた肉体を持つ者。思い出しても腹が立つ。オニュクスの進言は悉く却下され、更には形式上とはいえ『豪傑』の配下に組み込まれた。

「我の主はダウンバースト様だけだッ！」

　当然、ダウンバースト以外を上へと据えることにオニュクスは憤った。しかし、八戦将に勝つ力もあるはずがなく、屈辱を感じながら、オニュクスは下された命令を遂行する。それがどれほど彼に苦渋を舐めさせたことか。

「応答せよ、奴は見つかったか」

　オニュクスは羽ばたきつつ、手元の腕輪に問いかける。

魔法具と呼ばれる道具であり、かつて昔の時代に使われていた遺物だ。これによって遠く離れた位置であろうと対を持つ対象者に限り、会話をすることができる。

応答したのは、片言を話す魔族であった。

『ギャッギャッ、オニユクス、サマ。見ツカリ、マセン。勇者ハ、何処ニモ、居ナイ』

「奴は『勇者』ではない！　いいからさっさと見つけ出せ!!　貴様らもあの狼みたいに切り刻んでやろうか!?」

『ギ、ギギ、申シ訳、御座イマセン』

苛立ちを隠さず、乱雑に切る。

オニユクスは舌打ちする。

「こちらからせねば、連絡一つまともに出来んとはッ。何たるザマだ」

精強であったダウンバーストの軍団は最早見る影もない。殆ど知能を持たぬ魔族と魔物がいるだけである。

なぜ、オニユクスという魔族がフォイルを生きていると確信しているのか。

八戦将の待ち伏せ、聖剣を奪おうとしてきた魔王軍の襲撃、その全てを空より監視していたのがオニユクスであったからだ。

世間一般ではフォイルはユウと戦い、崖から転落死したとされている。

ユウとメイも、捜索したが見つからず国には下に川があったことから亡骸は流れたのだろうと判断され、失意に暮れた。

だが、上空にいたオニュクスは目で捉えたのだ。

何者かが、崖から落ちるフォイルを救出したのを。

「何者かは知らんが、奴を助けようとしたのは間違いない。ならば、この森の何処かにいるはずだ」

だからこそ、オニュクスは森をしらみつぶしに捜索する。

全ては自らの手でフォイルを殺すために。魔界に戻ることなく、フォイルが生きていると連絡することもなく、独断で捜し続ける。しかし、森は広く捜索は思ったほど順調に進まない。自らの視力も森に遮られ、殆ど使えない。

最初こそオニュクスは焦ってはいなかった。どの道フォイルの傷は深い。ならば、森から動くことは出来ないと理解していた。

しかし、それもやがて焦燥に駆られる。捜索すれどもフォイルは見つからない。更に彼を苛立たせたのは前日、フォイルを捜索する魔王軍が一匹の巨大な狼に甚大な被害を受けたことである。

オニュクス自ら手を下すも、隙をつかれ逃げられてしまった。そして、率いていた配下は約半数を失い、捜索にも支障をきたしたのだ。

「あの偽物め、必ずや見つけてくれる！　そして、この『疾爪』のオニュクスがダウンバースト様の仇を討ってやる！　あの狼もだ、次こそは息の根を止めてくれる！　……ん？」

怒りに燃えるオニュクス。

その時、彼は視界にオーロ村を捉えた。

元々、見つからない『勇者』に対して苛々が募っていた。

知恵も何もない低能であると配下を蔑んだオニュクス。しかし彼も紛れもない魔族。人間に対する悪意は劣らぬ程に強い。

オニュクスはニヤリと、悪辣に目を細めた。

「良いだろう、あんな魔獣の声よりも人間どもの悲鳴が聞きたかった所だ」

ジャキンと音が鳴る……腕に生える白い羽に、オニュクスの鋭い鉤爪が月の光を白く妖しく反射していた。

《『疾爪』の脅威》

太陽が昇り、まだ肌寒い時間から人々が生活を始める。

北東にあるオーロ村の木材で造られた関所。

そこに居るラティオは周囲を警戒しつつも今日何度目になるかわからない溜息を吐いた。

「はぁ～……」

「おう、何を落ち込んでいるんだラティ坊」

「ラティオだ。いつまでも坊主扱いするな」

いつものように自分を揶揄う中年の兵士にラティオはぶっきらぼうに言葉を返す。そしてまた溜息を吐いた。

中年の兵士はやれやれと、酒をくびりと飲み、口を開く。

「ま、そんなに落ち込むなよ。相手はあの〝金白狼〟だったんだろ？　俺だって話に聞くだけでいるとは思わなかった。ひよっ子のお前が気絶したって仕方ねぇよ」

ラティオが落ち込む原因はあの〝金白狼〟、それも子ども相手に気絶してしまったからであった。元々非番だったのだが、何処からかアヤメ達が村の外に出ると聞きつけたラティオが無理矢理ついてきたのだ。

あの後、アヤメに背負われたラティオを中年の兵士が見て驚き、理由を聞いたがアヤメは彼の名誉(プライバシー)を守る為黙秘(もくひ)した。が、そのあと詰所で目覚めたラティオがついポロリと言ってしまい村の兵士全員に知られてしまったのだ。

そのことを今でもラティオは悔やんでいる。今も揶揄われているのだから。その為苛立ちからか素っ気ない態度を取ってしまう。

「うるさい。僕はこの村を守る為に兵士になったんだ。【神託】で職業(ジョブ)が兵士だとわかった時から、ずっと努力してきたんだ。そして十六で成人して、それなのに一匹の魔獣、それも子ども相手に気絶するなんて……」

「相手が悪かったと思うけどなぁ」

「そういう問題じゃないんだよ……」

項垂(うなだ)れているラティオの様子に他の兵士も集まり出す。

そしてラティオが落ち込んでいる理由を聞くと集まった兵士ははははと笑う。集まらなかった兵士にしても、カードで遊んでいた。

明らかにやる気のない兵士達、ラティオはそれを聞いて情けなさやら不甲斐なさやらでより一層落ち込む。

村とはいえ魔獣が襲ってくる可能性があるのにこの体(てい)たらく。狼の時も防御を固めるだけでそれ以上は何もしない。

　緊張感も兵士としての誇りも何もない。本当に情けない。

「……ん？　あれはブラストじゃないか。アイツあんな所で何してるんだ？」

「本当だ。おーい。ブラスト。そんな所でなに……を……」

　遠くで周囲を軽く警戒していた仲間を見つけた兵士が呼びかけるも何やら様子がおかしい。一人が近付こうとして絶句する。

　ブラストと呼ばれた兵士は血だらけで、倒れた。

「何があった⁉」

「おい⁉　しっかりしろブラスト⁉」

「何だ？　わからねぇよ」

「まお……ぐ……んが……」

「あ……あぁ……！」

「なんだ、ラティ坊！　何処を見て」

「くははは。下等生物どもが、向こうからやって来よったか」

　いつのまにか一人の直立不動の鷹のような生物が空にいた。

　翼と一体化した先には鋭く長い爪が生え、滴る血がそれで兵士を切り裂いたことを如実に物語る。カチカチと全員が歯を鳴らす。

――こいつはやばいと。

「さぁぁ、血祭りにしてくれよう。魔族の恐ろしさとくと味わうが良い」

「敵襲ううう！！！」

魔族。そのことを認識した兵士は叫び、村に警鐘を鳴らす。

兵士達はすぐさま魔族を取り囲んだ。魔族は態々空から降り、取り囲む兵を一瞥する。

「ま、魔族がこんな所に何の用だ！」

「ふん、無礼な物言いだが応えてやろう。我の名前はオニュクス。かの八戦将『爆風』のダウンバースト様直属の配下『疾爪』のオニュクスなり。何の用って、決まっている。人間どもを血祭りにあげ、切り刻むために我はやってきた」

「何故この村なんかに……ここには魔族が狙うようなものなんか何もないぞ！」

「だからこそ、だ。戦とは程遠い平和を享受する村。それを壊すのが楽しくて楽しくて仕方ない」

「くっ！　全員かかれぇ！」

一斉に槍を突き出す兵士達。『兵士』に就く彼らは技能の【刺突】により、オニュクスを串刺しにしようとする。

「笑止、遅いわ」

だがオニュクスの腕がブレた次の瞬間、穂先が全てオニュクスに到達する前に落ちた。

「ば、ばかなっ」

「こんな鈍な槍、我の爪以下だ。さぁ、次はお前らだ、【微塵切り】」

「ぎゃあぁぁぁ!!」

突風が吹いたと思った瞬間。

オニュクスの姿が消え、一瞬で兵士達が切り裂かれる。

「いてぇ、いてぇよぉ……！」

「い、いぎ……」

「くはははっ!!　そうだ、恐れよ怯えよ！　態々こんな辺境な村に来たかいがあったというものだ！」

オニュクスは幸福絶頂と言わんばかりに翼を羽ばたかせる。ダウンバーストが倒されて以降、偵察のみに回されていた彼にとって人間の恐怖に染まった瞳は己の自尊心を回復させた。

誰一人として死んでいないのは彼がワザとそうしたからだ。加虐嗜好ともいえる、残酷な彼の性質は他の兵士達に恐怖を抱かせた。

「さぁ、どうした？　来るが良い。念入りに、切り刻んでくれる」

紫色の瞳が細められる。魔王軍特有の狂気を宿した瞳。

「ひぃぃ！　もう駄目だ！」

「魔族なんて敵うわけがねぇ！」

「逃げろ！　逃げろぉ！」

士気は瓦解し、我先にと村の方へ兵士達が逃げ出す。そんな中ラティオだけが反対に、オニュクスの方向へ歩き出した。

「おい！　何をしてるラティ坊！　逃げるぞ！」

「いやだ」

「はぁっ⁉」

「僕はこの村を守る兵士だ。兵士が逃げたら、誰が村人を守るんだ！」

「馬鹿野郎！　少しは力の差を考えろ！　死ぬぞ！」

中年兵士の制止も聞かずオニュクスの元へとラティオは歩く。

「ん？　何だ、少しは骨のありそうなのがいたのか」

紫色の瞳がラティオを捉える。

そのせいで震える身体をラティオは叱咤した。

だろう。

（震えるな！　僕まで逃げたら誰が村を守るんだ！）

本当はラティオとて怖い。逃げて良いのなら他の兵士と同じく背中を見せて逃げ出した

しかしそれはダメだ。

自分は兵士だ。村を守る者なのだ。

弱い人を守る為に授った職業なのだ。

十歳で授かり、十六歳で一人前となり、やっと就けたのだ。

だから逃げるわけにはいかない。

（それに……）

ラティオの脳裏に浮かぶのは仮面の男。

あの不審な男はこの村の人間じゃないのに、あの恐ろしい魔獣に立ち向かった。

だったら村の危機に自分が立ち向かわなくてどうする？

「僕は……この村を守りたいんだ！」

ラティオは槍を握りしめ、制止の声にも耳を貸さず突撃した。

「うおぉぉおぉ!!　【刺突】」

「蛮勇な。骨があるのは認めるが貴様如きがこの『疾爪』のオニュクスに傷をつけられる

と思うな！」

「ぐはっ！」

突き出す槍をオニュクスは容易く爪で止め、逆の爪で肩を切り裂かれる。

焼けるほど熱い痛み。ラティオは泣きそうになりながらも立ち上がる。

「村に……手出しは……させない……！」

「くはは っ、貴様みたい人間嫌いではないぞ。何故だかわかるか？」

意地悪に笑うオニュクス。

「不屈の精神で決して諦めない、そういった輩は何度も、何度も地べたを這いずり立ち上がるたびに切り傷を増やしていく。そしていずれは心が折れるのを見るのが我は好きだからだ」

「なんだと？」

「指を切ってやろう、腕を切ってやろう、そして胴を、頭を切り刻んでくれよう。泣き喚く声を聞かせよ、下等生物」

紫色の瞳が意地悪げに細くなる。

その様子にラティオがガタガタと歯を鳴らす。それを誤魔化すように槍を強く握りしめる。

「くはははッ！　さぁ、もっと足掻いてみせろ！」

「っ、うわぁぁぁ!!」

オニュクスに向かって突進する。またも、躱され足を切り裂かれる。

それでもラティオは諦めず勇猛果敢に攻めていく。だが悲しきかなラティオの攻撃はオニュクスには当たらない。攻撃のたびに傷が増えていく。

「がはぁ！」

「もう立つのもままならないか。所詮、貴様ら人間は下等生物。我ら魔族のオモチャとなって壊れるまでいたぶられるのがお似合いだ」

「違う……！　僕達皆一生懸命生きているんだ。お前ら魔族なんかのオモチャなんかじゃない！」

「ふん、まぁ良い。その気概も足でも切断すれば折れるだろう。さぁ、まずは貴様の指を――」

「「うおぉぉぉぉ!!」」

突然ラティオの背後から勇ましい咆哮が聞こえた。

見れば逃げたはずの兵士達がラティオの姿を見て戻って来ていた。

「やってやる！　この村はおれが守る！」

「あのラティ坊が戦ってるのに大人の俺らが逃げてたまるか!」

「妻と娘を傷つけさせやしねぇ!」

「魔族の好きにさせねぇ!」

普段は飲んだくれの兵士達が、一斉に奮起し、目の前の敵に立ち向かう。

これまでの姿からは想像もつかない、村を守る為に戦おうとしている。その姿に目が熱くなる。

しかし、

「下等生物が、図に乗るな。【旋風刻み】」

「ぎゃあぁぁぁぁ!!」

ばさりと、オニユクスの翼が羽ばたく。

姿が消えたオニユクスの圧倒的な速さの旋風に全員が切り裂かれる。決意も無駄に、力という暴力で踏み躙られた。

「が、がは……」

「う……ぐ……」

「み、みんな」

兵士達は全滅。息はあるが、全員最早立っていられなかった。

ラティオはぎりっと歯を噛みしめる。

「雑魚が群れようと所詮雑魚は雑魚。空を飛ぶことすらできない下等生物め。それに貴様達の狙いはわかっている。村人が逃げるまでの時間稼ぎだろう？　貴様達が時間を稼いだ所で無意味だ。何故なら村の背後には我の配下が回り込んでいる頃だ」

「なっ……！」

その言葉にカッとラティオが目を見開いた。

オニュクスは冷静であった。朝からオーロ村を監視し、村人達がするであろう避難経路を掴んでいたのだ。

オニュクスは瞳を細め、意地悪く笑っている。

「そんなこと……嘘だ！」

「嘘ではない。今頃逃げ込んだ人間どもを血祭りにあげている頃だ。誰一人として逃がしはしない。問題ない、貴様達もすぐに会わせてやろう。だがその前に、刻んで、切り裂いて、みじんにしてやる。さぁ、悲鳴を聞かせろ」

「く、くそぅ」

心に広がる絶望……。

余りにも圧倒的な人と魔族との力の差を痛烈に感じた。

人では魔族には敵わないという事実。

両者に広がる実力の差。

そんな現実の前に、ラティオは心が折れそうになる。涙を流しながら弱音を吐く。

「やっぱり……僕達じゃ魔族に勝てないんだ。僕達のやっていることなんか」

「——無駄なんかじゃない」

暗くなる心にその声は何よりも強くはっきりと響いた。

「君達の稼いだ時間は、たしかに村人達を救った。だから胸を張れ。誇るんだ、己のことを」

一人の男が村の方から歩いてくる。その歩みは力強く、そして何よりも決意に満ちていた。

そしてそんな男に寄り添うようにいる一人の少女。

「君達は自分達の仕事を全うした。なら、あとは俺に任せろ」

ラティオの前に立ち塞がるその背中は何よりも大きく見えた。

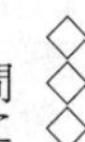

間に合ったか。俺は安堵(あんど)の息を吐く。

少しばかり、仕事をして此処(ここ)に来たが既に魔族の侵攻は止められなかった。

兵士達は皆酷い怪我だが死人だけは出ていないようだ。小声で隣のアイリスちゃんに話しかける。

「アイリスちゃん、皆を治療してやってくれ。俺は、あいつを倒してくる」

「はいなのです。アヤメさん、お気をつけて」

「大丈夫さ、俺は八戦将(はっせんしょう)と戦っても生き残った男だよ」

軽くウィンクするとアイリスちゃんはくすくすと「そうですね」と言いラティオくん達の治療に向かった。

しかし、その後についていくはずの存在がおらず、足元を見るとジャママは魔族を睨(にら)んでいた。

〈ガウゥ……！〉

「どうしたんだ、ジャママ？」

視線を辿(たど)るとジャママが睨んでいるのは魔族の爪だった。兵士達の血で濡れた鉤爪(かぎづめ)。

「あの翼の羽根は。そういうことか」

奴の体に生える翼の羽根。あれには見覚えがある。ファッブロに渡したのと同じだ。

俺は察した。あれは恐らくジャママの親を傷付けていた相手だと。

「ジャママ。先に言っておく。アイツに君は勝つことが出来ない」

〈ガゥッ!!〉

ジャママが吠える。怒りの咆哮だった。俺は奴から目を離さずに告げる。

「わかっている。君にとっては許せない相手だ。だからこそ、俺に任せてくれ。アイツもだが、君の親の仇は俺だ。だから俺がアイツを倒す。そして君がいつか大人になり、その時も俺を許せないというならば俺を殺そうとして良い。そしてそれは今じゃない」

〈……ガウ〉

「俺は今からアイツと戦う。だから君はアイリスちゃんを守ってあげてくれ」

俺の言葉にジャママは項垂れる。本当はわかっているのだろう、今の自分ではあの魔族に敵わないことを。

だがジャママはすぐに顔を上げ、一吠えするとアイリスちゃんの後を追って行った。

……賢明（けんめい）な子だよ、本当に。

俺は目の前の魔族を睨みつける。

「話は終わったのか？」

「あぁ。随分と好き勝手やってくれたじゃないか」

周りには散乱した武器や倒れた兵士達。皆、生きてはいるが気を失っている。その惨状を生み出した相手を油断なく見つめる。

「くはは、憤っているのか？　それにしてもまた一人馬鹿がやって来た。あの娘も兵士を治療しているけど無駄だ。娘も、兵士も、村人も、お前もこのオニュクスの爪の垢としてくれる。ん？　爪の錆か？　まぁ、良い。それに大層自信がありそうだが、もう村を守ることは出来やしない。我の配下達が村の人間どもを血祭りにしている頃だ」

「配下……か」

俺は嘲笑するように笑い、目の前で勝ち誇るオニュクスに告げる。

「全員死んだよ」

「は？」

「俺が殺した」

そう。俺がこの場に遅れたのは村の後ろに回っている魔族と魔物をジャママが野生の勘から気付いたことによって、予め全て殺して回っていたからだ。だからオニュクスの言う配下は皆死んでいる。

「だから、残るはお前だけだ」

だからそう告げると、目の前のオニュクスは鳩が豆鉄砲を食ったような表情になる。

驚いているのか？　あれは。

「戯言もいい加減にせよ！」

「いいや、俺はもう嘘はつかない。そう誓ったんだ。嘘だと思うなら試してみると良い。連絡する手段くらいあるだろう？」

「こ、こいつ……！　おい、応答しろ！」

オニュクスが腕輪に声をかける。

その声は俺のポケットから聞こえた。俺はポケットから魔族の持っていた腕輪型の通信機を態とらしく見せる。オニュクスは憎々しげに俺を睨む。

「貴様……何者だ」

「俺か？　俺は『救世主』だ」

「『救世主』なんて聞いたこともない！　妄言もいい加減にせよ！　不愉快だ、刻まれろ、【微塵切り】」

オニュクスが翼を広げ、凄まじい速度で突貫してくる。

疾風の如く素早い動きだ。だけど、遅い。

「なんだと！！？　グゥ!!」

「勘が鋭いな」

攻撃に合わせて片腕を切り落とすつもりだったが、咄嗟に身を捩ったらしい。

傷口を押さえながら、オニュクスはこちらを睨む。

「バカなっ、下等生物如きに何故我の動きを」

「前にお前なんかよりも遥かに強力な魔族と戦ったことがあるからね。この程度のスピード、なんともない」

「なんだと？」

そう、こんな奴よりもっと強い奴と俺は戦ったことがある。

『爆風』、『豪傑』。奴らに比べれば、目の前の相手などなんということはない。

俺の言葉に怪訝な顔をしていたオニュクスは、やがて何かに気付いた表情になる。

「貴様……貴様ァッ!!　見つけたぞ、見つけたぞ！！！」

「おっと、何をそんなに怒っているんだ？」

「惚けるな!!　ダウンバースト様を殺した憎っくき仇!!　何が『救世主』だ、偽の『勇者』めが!!」

ダウンバーストという言葉を聞いた瞬間、俺は目を見開いた。その名をここで聞くとは思わなかったからだ。

「そうか、お前はあの時の『疾爪(しっそう)』か」

そして俺もやっと奴の正体に勘付(かんづ)いた。寧(むし)ろ、なぜ忘れていたのか。

ダウンバーストの配下は三人いた。

『疾爪(しっそう)』、『疫風(えきふう)』、『瘴流(しょうりゅう)』と呼ばれる通常の魔族より強い、上位魔族である。

『疫風(えきふう)』はユウとメイちゃん、『瘴流(しょうりゅう)』はグラディウスとメアリーによって討伐されたが目の前の『疾爪(しっそう)』は討伐されたという報(しらせ)は聞かなかった。ダウンバーストが討伐されてから姿を現さなかったからだ。

なぜ今まで身を隠していたのか、その間何をしていたのか、理由はわからない。だが奴は俺の前に再び現れた。

「なおのこと、見過ごせないし、許せないな。あの二人を傷つけたこともこの村の人々を傷つけたことも。人々の脅威となるならば、俺はお前を倒さなければならない」

「ほざけ、下等生物めが！　だがこれはチャンスだ。貴様の首を刎(は)ね！　その屍(しかばね)をダウンバースト様の墓標に捧(ささ)げてやる！　【旋風刻(せんぷうきざ)み】」

オニユクスが翼と一体化した腕を広げ、疾風の速さで消える。瞬(まばた)きをする暇もなかった。

そのせいで考え込んでいた俺は僅かに躱すのが遅れ、服の裾(すそ)を切られる。

「くっ」

「くははは っ！　どうだ、先ほどと違い最早見えまい!?　聖剣もない貴様は単なる下等生物に過ぎん!!　切り刻んでくれる!!」

「確かに、その爪と速さは厄介だ」

「そうであろう！　だがまだだ！　まだまだ切り刻んでくれるぞ！」

再び、オニュクスの姿が掻き消える。

風切音が鳴り、その後も俺は鎌鼬に襲われたようにあちこちを切り刻まれる。

なるほど、確かに速い。これまでの相手の中でも上位の速さだろう。

だが、どうしてだろうか。俺は全く脅威には思えなかった。

（気のせいじゃない。『疾爪』の動きが、酷く遅く見える）

現に服こそ切り刻まれるが、出血には至っていない。しかし、奴にとってはそうではないようで俺を殺そうと迫り来る。

「このまま首を刎ね飛ばしてくれる！」

だが俺の目には奴の動きが見えていた。何故なら、

「ダ、ダウンバーストと比べたら遅い！」

「なにぃっ!?」

背後に回って来たオニュクスを一閃する。

ダウンバーストの【風刻爪(ふうこくそう)】と比べたら奴の爪なんて威力も速さも技量も何もかも劣る。

素早さには自信があるそうだが、これもまたあのベシュトレーベンと比べたらお粗末(そまつ)なもの。オニュクスは自慢の爪で受け止めたみたいだが、酷く驚いた顔をしていた。それだけ自信があったのだろう。

「はっ、随分と間抜(まぬ)けな面(つら)をしているな。防がれるとは微塵も思っていなかったようだね」

「ぐっ、黙れ！　我の動きを捉えたくらいで調子に乗るなよ！　【肉刺鉄砲(まめてっぽう)】」

「うおっ⁉」

オニュクスが嘴を開き、空気の弾丸(だんがん)を発射する。咄嗟にしゃがんで躱すも俺はすぐさま自らの失策に気付いた。

「しまった！」

オニュクスが空を飛ぶ。人では到達出来ない領域へ、奴は悠々(ゆうゆう)と舞(ま)う。

「間抜けは貴様だ！　ナメくさってくれたな！　切り刻んでくれる！　【鎌鼬の鼬風(カマイタチ)】」

オニュクスが羽ばたきと同時に爪を振るう。嫌な予感がした俺はすぐさまその場から飛び退(の)く。風切り音と共に、大地に爪跡(つめあと)ができた。

「見えない斬撃、いやこの場合は爪撃か！」

「わかったところでどうしようもあるまい！」

再び風切り音。

空を飛ぶ、オニュクス相手に俺は、何の手も出せない。

(【聖空斬】が使えれば……!)

悔しさのあまり、剣の握る力を強める。何の手も打てない俺を見て、オニュクスは嗤いながら衝撃の事実を告げた。

「くははははッ! これが我と貴様の差だ! 我は魔族の中でも空を飛行出来る選ばれし者だ! その我に貴様が勝てる道理はない!」

「勝ち誇るのは早いんじゃないかなッ!」

「いいや、これは余裕というやつだ。我と貴様では生まれ持った力というものが違う! 地べたを這いずることしか出来ない人間の貴様に何が出来る!?」

「くっ」

オニュクスの言葉に歯噛みする。オニュクスはその様子を空から見下ろし、嘲笑する。

「この日をどれほど待ち望んでいたことか! 貴様が、聖剣を、失った時からな!」

「なんだって?」

聞き捨てならない言葉。確かに俺は聖剣をユウに託した。だが、それはここ数日のことだ。情報が回り、魔王軍が把握するにもしても速すぎる。

「何故、おまえがそのことを。いや待て」

何故か俺達の動向を把握し、待ち伏せを行った『氷霧』『迅雷』『豪傑』ら八戦将。

周囲に魔王軍がいなかったはずなのに、正確に俺の元へ聖剣を奪うべく仕掛けてきた魔族達。

オニユクスの持つ力、切り裂く爪と空を飛べる翼。

「まさか、俺をずっと監視していたのかッ!?」

「なんだ、今更気づいたのか？　地を這いずることしか出来ん人間は頭も悪いらしいな！そうだとも、貴様をずっと見ていたのは我だ！　滑稽だったぞ！　貴様、同族である人間どもにも追われていたなぁ!?」

『偽りの勇者』であると露呈した時、俺は人々から聖剣を取り返すべく追っ手をかけられた。そこまでは良い。向こうからしても、聖剣は『勇者』にあるべきモノ。取り返そうとするのは必然だ。

だが、問題は更には魔王軍までもが、執拗に俺の聖剣を奪おうと何処からともなく現れていた。

あの頃は、余裕がなく頭が回らなかったがその答えは、目の前にある。

『疾爪』のオニユクス。奴の仕業だったということを。

「空を見上げる時、鳥が空を飛んでいることが多々あった。あれはお前だったんだな！」

「その通り、貴様は気付かなかったようだがな。もっとも？　気付いた所で、どうにもならなかっただろうがな！」

　嘲笑するオニユクス。

「何故かわかるか？　我は空を飛べ、貴様は地べたを這（は）いずり回ることしか出来ぬからだ！　そして、今も尚！　貴様は我相手に何も出来ない！　【鎌鼬（カマイタチ）】」

　空を飛び続けながら、再び【鎌鼬（カマイタチ）】を繰り返す。

　俺はそれを見切り、躱すことしか出来ない。

「くははは、滑稽だな哀（あわ）れなだなぁ？　あの時もそうだ、人間どもに襲われていたなぁ？　守ってきた奴らに排斥（はいせき）される気分はどうだ？　助けを求めてきた奴に手のひら返しをされる気持ちはどうだ！」

「別に、どうともないさッ」

「強がりを。何故抗う？　何故戦う？　お前が今守ろうとしている奴らも、お前が偽物の『勇者』であるとわかったなら容易く裏切る！」

「あぁ。そうかもしれないな」

　俺はオニユクスの言葉を否定しなかった。

俺の追っ手として立ち塞がった者の中には顔見知りもいた。彼らもまた、俺に剣を向けた。でもそれは、聖剣を取り戻し、本当の『勇者』へと渡すためにだ。そこに恨む気持ちなんてない。俺の反応が思ったのと誓ったのか、オニュクスは舌打ちする。

「ふん、張り合いのない。おぉ、そうだ。思い出した。貴様、我の爪から庇おうとした者達がいたな。そう、貴様くらいの男女だ」

その言葉が誰を指すのか、すぐにわかった。

ユウとメイちゃんだ。

「貴様も馬鹿よなぁッ！　あんなグズ共を庇おうとしていただなんて。結局奴らも貴様を裏切った！　奴らも、そして助けようとした貴様も愚か者だ！」

「黙れ。二人を馬鹿にするな‼」

自分でも驚くほどに、大声を出した。それに驚くオニュクスだが、すぐに嘲笑を浮かべる。

「どれだけ貴様が吠えようとも、貴様は所詮敗北者！　追われ、逃げて来た貴様なんぞ、何の脅威もない！」

「はっ、それはお前もだろう。『疾爪』のオニュクス」

「何を」

「さっき言ったよな？　見ていた、聞いていたと。なら、お前は本来この場に居てはならない。すぐさま魔界に戻っておくべきだったはずだ」

オニユクスの表情が変わる。

奴は俺が満身創痍だと知っていたはずだ。だったら、ユウに渡す直前から聖剣を掻っ攫うことも出来たはずだ。

聖剣がユウに渡ったことも知ったはずだ。なら、その後の様子を、俺を監視し続けたようにすべきなはずだ。

だが奴はここにいる。俺の目の前にいる。

「お前は逃げたんだろ？　俺からも、そしてユウからも。ダウンバーストを討ち取った聖剣が怖いから。勝てないとわかっていた。挙げ句の果てに、俺を捜すも見つからず、自分より弱い人しかいないこの村を襲った。そして今も、聖剣のない俺になら勝てると思った。違うか⁉」

「黙れエエエッッ！！！」

雄叫びをあげ、【鎌鼬の鼬風】を繰り出す。その勢いは、全てを切り刻まんとする程だ。

「くそッ、くそッ‼　お前もッ、他の八戦将共も！　我を見下しよって‼　許さん、許さんぞ‼」

オニュクスが腕に生える羽が細かく動かし、気流を生み出す。そのまま元から鋭かった鉤爪を振るうことで飛ぶ斬撃を放つ。数多（あまた）の見えない攻撃が俺を切り刻もうとする。

「アヤメさん！」

俺を心配するアイリスちゃんの声が聞こえた。大丈夫、心配ないと視線を送る。

俺は足を思い切り円を描（えが）くように地面に回転することで砂埃を起こす。

そのまま砂埃の動きから奴の【鎌鉤の鼬風（カマイタチ）】を見切り、迎撃（げいげき）する。

ダウンバーストの創り上げた【鷲王の断き（ヴィトフニル）】と比べても、威力も速さも劣る【鎌鉤の鼬風（カマイタチ）】など、今の俺にとって防ぐことなど造作もなかった。

「はぁ、はぁ、くはははッ、どうだ。これで貴様も」

「甘いッ！」

「⁉」

砂埃から出てきて跳躍（ちょうやく）した俺に驚いた表情を浮かべる。

「何故貴様がここまでっ、いや、違う！我の高度が下がっていた！」

挑発に応じて徐々に躍起になり、オニュクスは知らず知らずのうちにその高度を下げていた。俺はその瞬間を狙い、決着をつけようと跳んだ。だが、

「くっ⁉」

「何処を狙っている⁉　【肉刺鉄砲】」

狙った位置よりほんの僅かに奴より上に飛び過ぎ、俺が剣を振るった後も奴に躱す隙を与えてしまった。

オニュクスは俺の攻撃を躱し、空気の弾丸を発射。俺はそれを剣で受けるも再び地面に落下する。

「しくじった。いや、跳び過ぎたのか？」

僅かに血の混じった唾を吐きながら、俺は先ほどのミスを分析する。

追われていた時のままだったら確実に切り倒せたんだが。

あの二人を馬鹿にされ、意気込み過ぎていたのか？　どちらかといえば、身体の変化に俺がついていけていないような。

しかし、考える隙をオニュクスは与えない。

「貴様は面倒だ。ならば、守ろうとしているそっちを先に刻んでくれる！」

オニュクスが視線を向ける先。

そこにはアイリスちゃんとラティオくん、動けない兵士達がいた。しまった、時間をかけすぎた！

「アイリスちゃん！　ジャママ！　ラティオくん！」

「大丈夫です！　だから、アヤメさんは突き進んでください！」

向かおうとする俺を、言葉で制止する。

青い瞳と視線が会う。何かを告げていた。その意を汲んだ俺はすぐさまオニュクスの方に向かって駆け出す。

「うっとうしかった下等種族が、これで終わりだ！」

再び、オニュクスの爪が振るわれる。

不可視の風の斬撃は着弾し、大きな砂埃を起こした。

「くはは っ、ざまぁないな。見よッ！　貴様の守ろうとした者達の末路を……？」

砂埃が晴れる。兵士達を守るように現れたのは、巨大な樹々の集合体であった。

「これってあの時と同じ」

「そうです！　エルフの秘術【木霊との語らい】。わたし達は自然と共に生きる者、この世の植物は全てわたし達の隣人！　扱うことが出来ます！」

ラティオくんの呟きに対して、アイリスちゃんが胸を張って答える。

数少ないエルフの伝承に伝わる能力、植物を扱う力。アイリスちゃん自身が語った【木霊との語らい】と呼ばれる力は、オニュクスの爪の凶器から全員を守った。

「たかが植物如きに、この『疾爪』の爪が防がれるなどッ！」

「自然の力、侮らないでください！」

「小娘がッ」

憤るオニュクス。だが、すぐに冷静になる。

「奴はどこに行った⁉」

そう、アヤメの姿が見えないことに気付いた。だけど、もう遅い。

「真下か⁉」

俺はアイリスちゃんが生やしてくれた樹木を駆け上がり、奴の死角から接近していた。

奇しくもそれはかつてユウがダウンバーストを堕とす為にとった手段と同じ。

死角からの一撃。

奴は驕っていた。自らは空を飛べる。俺の剣は奴に届かないと。自らが倒されることはないと。

その思考の隙を突く！　その為の道はアイリスちゃんが築いてくれた！　なら後は俺が応えるだけだ！

「捉えたッ！　落ちろッ！」

「ぐあぁぁッ！！？」

裂帛の雄叫び、渾身の力を込めて振るった両手剣は、オニュクスの肩にかけて袈裟斬りした。悲鳴をあげ、血飛沫を撒き散らし、羽根が舞い散りながらオニュクスが落下する。

「はぁ、はぁ！　ばかな、我が下等種族如きに堕とされるなど。ぐ!?」

地面に落下し、呻くオニュクスに向かって俺は更に追撃、突き刺そうとする。オニュクスはそれを紙一重で横合いに飛び退けることで躱す。

「くそっ、このような泥まみれになろうとは！　だが油断したな!?　【爪蹴切り】」

奴の脚部から、より鋭くより大きな爪が出てくる。

そのまま蹴り上げることで、俺の顔を切り裂こうとするもそれも想定内だ。俺はほんの僅かに身体をそらすだけで躱す。

「何っ!?」

「もう不意打ちは通用しない。覚悟しろ！」

再び振るう剣。足の爪を外したオニュクスは体勢を崩したまま腕の爪で迎え撃とうとするも、遅い。

俺の剣が、オニュクスの片腕を斬り裂いた。

「がぁぁぁ!?」

「爪が硬かろうと、腕を落とせば関係ない。これでもう、お前は空へ逃げることも出来ない！」

俺が最も懸念していたことは、奴が飛行しアイリスちゃん達の方へ向かうことだった。

奴の動きはただただ速さに重きを置いて技としては未熟な技術。そんな奴に俺は負けない。隙を突かれ、空を飛ばれたことは失態だったが、これでもう関係ない。

俺は奴が態勢を立て直す前にそのまま追撃する。オニュクスは苦しげな顔をして残った腕の爪で防御する。

「ぬ、ぐ。調子に乗るな！」

「だったら俺を倒してみろ！　お前の爪とやらはそんなものか⁉」

「図に乗るな‼　言われずとも切り刻む‼」

挑発するとオニュクスは目を見開き怒る。これで良い。これで兵士の方には注意が向かないはずだ。後はこのまま押し切るだけだ。

◇

「あの化け物と同等に打ち合ってる……」

ラティオは唖然と呟く。自身の目には二人の剣戟が全く見えない。

その背後でアイリスはジャママを連れながら忙しなく動き回り一人一人の兵士の傷を癒していく。ラティオ以外の兵士は皆気絶し、呻くことしか出来ない。

此れ幸いと傷ついた兵士をアイリスが、包帯で治療するように見せかけては『聖女』の力で傷を癒していく。最後にトテトテとジャママを連れてラティオの方に近寄る。

「ほら、貴方も見せてください」

「……」

ラティオは痛みも忘れ、戦闘に魅入っていた。はぁ、と溜息を吐いて気付かせるため少しばかり強めに蹴る。

「ていっ」

「いっ⁉　痛っ～……!!」

「さっさと傷を見せるです。貴方は随分と怪我が多いですから放っておいたら死にますよ」

「あ、あぁ……いつつ……！」

ぎゅっぎゅっと強く包帯を巻かれ、ラティオは痛みに顔を歪める。その隙にアイリスは癒しの力で傷を塞いでいく。

するといつのまにか痛みがなくなったラティオが驚いた顔をする。

「傷が、痛くない」

「エルフの秘術です」

「あ、そうなんだ……」

有無を言わせない言葉にラティオは何も言えなくなる。暫くは治療に専念していたアイリスだがぽつりと呟く。

「……前に情けないと言いましたけど訂正します。ごめんなさい」

「な、なんだよ、突然」

「貴方は村を守ろうと頑張りました。そのことは事実です。わたしはそんな貴方に対して情けないと言ったのです。けど、そんなことはありませんでした。貴方は魔族相手に一歩も引かず勇敢に戦った。だから謝ります。本当にごめんなさい」

「良いよ、別にもう……情けなかったのは事実だからな」

彼の目は再び、二人の戦いへと移る。

「……あいつは、何者なんだ」

「？　何を言ってるんですか、そんなの一つだけでしょう」

「え？」

「アヤメさんが何者かだなんて見ればわかりますよ」

〈ガウッ！〉

ジャママが吠える。

見れば、もう戦闘は佳境であった。

オニュクスはもはや俺の剣戟を防ぐことも出来なくなりつつある。戦いの優勢は明らかだった。

◇

「馬鹿な⁉　なぜ！！？」

オニュクスが焦燥に駆られた声を上げている。

「聖剣もない、偽物相手に何故我が追い詰められている⁉」

その言葉が示すよう、俺はオニュクスに対して優位に戦えていた。そう、それこそ俺の予想以上に。

（どういうことだ？　俺には、もう職業が、技能がないはずだ）

奴の動きが目で追える。奴の振るう爪の軌道が見え、ほんの僅かに身体をそらせばそれだけで躱せる。

もしかして、これはアイリスちゃんの『癒しの聖女』としての力の影響か……？

（いや、違う）

あの時の俺とは決定的に異なる点。

「聖剣アリアンロッド……それは、使用者に魔を祓う聖なる力を授ける剣」

『勇者』にのみ扱うことの出来る聖なる剣。

そして、『勇者』以外が扱おうとしても抜くことすら出来ない女神オリンピアの加護を。

なら、今それを扱っていない俺の身体能力はどうなったのか。それは飛ぶ斬撃ができた時点で答えが出ていた。

「はっ、本当に馬鹿だな。俺は」

今更こんなことに気付くだなんて。

自嘲するように笑うと、それが自身に対する嘲り(あざけ)と感じたのかオニュクスが叫(さけ)ぶ。

「何がおかしい⁉」

「お前にじゃないさ。自分の馬鹿さ加減にだ」

そう、俺は馬鹿だ。ファッブロの店で木を切った時も、〝金白狼(マーナガルム)〟の時にも、村を挟撃しようとした魔物を倒した時にも、既(すで)に答えは出ていたじゃないか。

「職業(ジョブ)がないからなんだ。これまで鍛えてきた技は、俺の肉体にあるじゃないか」

たとえ技能(スキル)が使えずとも。

鍛えてきた、歩んできた道筋は俺の中にある。

(あぁ、そうか。単純なことだったんだ)

確かに聖剣は失った。俺は『勇者』じゃない。それもまた事実だろう。

だけど、全てを失ったわけじゃない。

培われた技術がある。繰り広げて来た経験がある。

職業が無くなろうとそれらを無くすことは出来やしない。

そして何より。

「今の俺には、誰にも負けない熱い意思がある！」

たとえ、世界が敵に回ろうとも。こんな俺を信じてくれた一人の少女の為にも。

俺は負けない、負けられない。

「オニュクス。お前が俺を狙うことは良い。俺だって覚悟をして君達魔族の命を奪ったからだ」

勿論対話は大切だ。互いに相容れないのならば、戦うしか無い。その結果、たとえ相手の命を奪おうとも、自身の大切なものを守る為に己の全てを懸けて戦うのだ。

しかし目の前のオニュクスは面白半分でオーロ村の人々を蹂躙しようとした。

「だが、人の命を奪おうとして彼らの覚悟を馬鹿にしたこと。何の罪もない人々を面白半分で侮辱したこと。そして何よりも許せないことがある」

そう、俺にとって何よりも許しがたいこと。

「ユウを、メイちゃんを、俺の幼馴染を侮辱したことだ!!」

別れる時に見た顔でわかる。

二人がそんな愚かなことをするはずがない！

大切な幼馴染を馬鹿にされ、黙っている道理はない！

「人の為、親友の名誉の為、そして俺自身の夢の為、今此処でお前を討つ！　『疾爪(しっそう)』のオニユクス！」

「黙れッ！　勝ち誇るな、偽物のっ、『偽りの勇者』めが!!」

俺の宣言にオニユクスは吠える。その言葉は何処までも正しい。俺は本当の『勇者』にはなれなかった。

「お前が何を言おうとも俺の意思は揺らがない。確かにオニユクス、お前の言う通りだ。俺は何者でもないだろう」

こんな俺を『勇者』だと言ってくれる一人の女の子がいた。

（そうだろう？　アイリスちゃん）

遠くから俺を見つめる、この世でたった一人俺を肯定してくれた少女。

彼女の瞳は、俺が勝つことを信じて疑っていなかった。

「何者にもなれないんじゃない。なるんだよ、これから」

「戯言をッ、退(ど)けエッ!!　【爪蹴切り(つめき)】」

腕の爪よりも鋭い爪が俺を弾き飛ばす。

「我の爪は、脚の方が鋭い。穿ち刻まれろ、【疾風爪渦】」

両足の爪を構え、奴は直線上に切り刻む突風を放つ。

俺はそれに剣を構えて突っ込んだ。

普通ならば避けるのが正しい。

だけど俺は避けなかった。避けずとも、打ち破れるという自信が、確信があった。

俺には、技能がない。だが、技能がなくとも剣は振るえる。扱える。

ならばそれを昇華させ、研ぎ澄ませろ。極限まで！

俺ならそれが出来る！

「貫けェッ!!」

雄叫び、渾身の力で剣を振るう。迫り来る立ち塞がるもの全てを切り刻む狂風を、一刀両断した。

「掻き消された……!?　我の【疾風爪渦】がッ!?」

「捕らえた……！　ただひたすらに、前へ！」

「ぐっ！！？」

驚くオニュクスの隙を突き、俺は奴の足の爪を両断した。

「何故だ⁉　何故！！？　我が負ける！！？　こんな下等種族に⁉　ありえるか！」

オニユクスは最早余裕もなしに喚く。全ての爪を失ったオニユクスは半狂乱になりながらも嘴から突貫する。

「ありえない！　ありえないありえないありえない！　何故だ！！？　何故、聖剣を失って逆に強くなる！！？　理屈に合わない‼　何なのだ貴様は！！？」

「さっきも言っただろう！　俺は――」

「そうだ、あいつは――」

その様子を見ていたラティオも思い出す。アヤメと初めて会った時の言葉を。

『なぁ、お前は何者なんだ？』

『俺か？　俺は――』

「「『救世主』（だ！）……」」

「ぐ、ぎゃあぁぁぁあっ‼」

一陣の風が吹く。

煌めく一閃がオニユクスを斬り裂いた。

《旅立ちの風》

　魔族の侵攻を退けた俺は予定していた通り、次の町に向かうことにした。幸いにもこの村で被害が出たのは兵士だけ、それもアイリスちゃんの力のおかげで死人が出なかった。

　村を出ることを告げた俺に対して村の人が大挙として押し寄せた。

「あの、これはほんのお礼です。どうかお受け取りください」

「そんな、悪い……。いや、そうだね。受け取っておくよ、ありがとう」

　渡された食料と金を受け取る。元々〝金白狼(マーナガルム)〟の分もあるけど村を救ってくれたからと更に謝礼金も入っている。村にとって少なくない出費のはずだけど、善意を無下にするのは失礼にあたる。それに彼らに負い目を感じさせない為にこれは受け取る必要があった。

　長老が頭を下げる。

「貴方がいなければこの村は魔族によって滅んでいたでしょう。本当にありがとうございました」

「いいや」

その言葉に俺は首を振る。

確かに俺がいなければこの村は滅んだ可能性が高いかもしれない。だが最も努力したのは俺じゃない。俺は指を指す。

「この村を守ろうと一番頑張ったのは彼らだ。俺はその手助けをしたに過ぎないよ」

村人達より誰よりも兵士達が驚いた顔をした。

だが実際そうだ。彼らがオニュクスを足止めしたからこそ、俺は回り込んで来た他の魔族や魔物を倒す余裕が出来た。もしオニュクスと挟撃されたら少なくない犠牲が出ていただろう。

俺の言葉にラティオがバツの悪そうな顔をする。

「いや、僕達は結局誰一人あの魔族を止めることが出来なかったし……」

「謙遜するなよ。確かに君達はオニュクスには勝つことが出来なかった。だがそれでも向かって行ったのは君達だ。君達が頑張ったからこそ俺は間に合ったんだ。だからこれは俺だけじゃない、皆の勝利だ」

俺の言葉が本心だとわかったのだろう。兵士達が照れたような顔をする。するとざわつき、顔を見合わせる村人の中から、一人の子どもが彼らの前に進み出た。

「ありがとう、兵士さん達！」

純粋な感謝の言葉。

子どもの言葉を皮切りに、他の村人達も礼を言う。

「ありがとよ！」

「いつもダラけてばかりだと思ったけどやるじゃないか」

「見直したよ」

「何だかんだと言って頼りになるんだな」

「い、いや。俺達も必死になっただけというか……」

「あぁ。ここは故郷だしな……」

「そ、そうそう当たり前っつーか何というか……」

誰もが兵士達を囲んで健闘(けんとう)を讃(たた)え、感謝した。

そんな村人の様子に兵士は全員が照れたり、そっぽを向いたりするも皆一様に嬉しそうにしていた。

「素直じゃないのです」

「そうだね、でも今回のことで彼らも少しばかり真面目に頑張ろうと思うようになるんじゃないかな」

周囲が兵士達を褒める中、ファッブロが前に進み出た。手には何やらゴツゴツした何かが沢山入った革袋がある。

「よぉ、兄ちゃん。村を救ってくれてありがとよ。これをやるよ」

「これは?」

「俺の鍛冶屋から掻き集めた短剣やら研磨剤やら何やらが入っている。特に研磨剤は剣の手入れには必須だろう?」

「あぁ! そうだね、ありがとう。剣、大切にするよ」

「おうよ! 行く先々で宣伝してくれ。この剣はオーロ村のファッブロが作ったってな」

「わかったよ」

笑い合いながら俺達は別れの挨拶をする。あっさりと、それでいてさっぱりとしたものだった。

ファッブロとの別れを済ますと今度はラティオくんが俺の方に向かって歩いてきた。

「あの」

「む! なんですか、またアヤメさんを犯罪者扱いする気ですか! わたしは謝りましたけど、それとこれとは話が別ですよ!」

「ちげぇよ! そんなことするかっ。えっとだな、色々と突っかかってごめん」

ラティオくんが頭を下げる。

「気にすることないよ。君は自分の職務を全うしようとしただけだから。それにあの時の俺は確かに怪しかったからね」

「それでも、ありがとう。あんたはこれからも旅を続けて色んな人を救うんだろ？　僕にはこの村を守るので精一杯だ。だけどあんたは『救世主（ヒーロー）』だから、その……頑張れ」

「はは、お互いにね」

お互いに固い握手をする。

最後に見た彼の顔は幾分（いくぶん）大人びて見えた。

「なぁ」

「なんだい？」

「あんたは……」

何か言いたげにラティオくんは言い淀（よど）む。

しかし、すぐに頭を振って、微笑（ほほえ）む。

「いや、何でもない。あんたは僕の村を救ってくれた『救世主（ヒーロー）』だ。だから、よ。その、ありがとう。これからも頑張ってくれ」

「あぁ、ありがとう。君も、頑張ってね」

最初こそ、ラティオくんとは色々とあったが、今はもう何もなかった。

村を去る俺達に村人達が手を振ってくれる。

「ばいばーい！」

「またなー！」

「村を救ってくれてありがとう！」

純粋な感謝と温かい声援。

俺が守りたかったのはこれだったんだ。

「みなさんもお元気で!!」

俺は笑って手を振りながら村を後にした。

オーロ村から離れていく。俺の横をとことこと歩いてきたアイリスちゃんが、長い金色の髪を垂らしながら横から尋ねる。

「アヤメさんアヤメさん、次は何処に向かうのですか？」

「うん、そうだね。今度は町に向かおうか」

「町ですか、いいですね！　此処からならフィオーレという町が近いのです。そこに行ければ村では手に入らなかった調味料や日用品を買うことができるのです。ジャママも新しい櫛や美味しい料理が食べられるのです」

〈ガウッ〉

「そうだね、楽しみだ」

アイリスちゃんが楽しそうに語り、ジャママが吠える。

（なぁ、ユウ。メイちゃん。俺は俺の道を歩む。だから、そっちは頼んだよ）

これからの未来に思いを馳（は）せながら俺は『救世主（ヒーロー）』として新たな一歩を踏み出した。

◇

村を救った『救世主（ヒーロー）』が去って行く。

ラティオはずっとアヤメの背を見つめていた。

その背が見えなくなるまでずっと。

「……かっこよかったな」

見えなくなり、村人達も自らの仕事をする為に村に戻って行った後にボソリと呟く。

その言葉に、他の兵士達も同意する。

「あぁ、確かにかっこよかった」

「こんな俺達を、村を守ったのだと褒めてくれた」

「あぁいうのを英雄っていうのかな」

「うしっ、あの英雄に恥じないためにもおれ達も仕事に戻るとしよう」

ザワザワとやる気に満ちた兵士達が持ち場に戻っていく。

ラティオはその中で一人考え込んでいた。

(惚けるな!!　ダウンバースト様を殺した憎っくき仇!!　何が『救世主』だ、偽の『勇者』めが!!)

オニュクスの言葉が脳裏に浮かぶ。

唯一オニュクスとアヤメの対決を見ていたラティオのみが、アヤメの正体に気付いた。

あの時言い淀んだのは、彼の正体について尋ねようと思ったからだ。

(『偽りの勇者』なのか、なんて関係ない。あの人は僕の故郷を守ってくれた。なら、それで十分だ)

けど、それを言葉に表すことはなかった。

彼は『救世主』で村を救ってくれた。世間の評価など関係ない。それが事実だ。なら、それで良い。

ラティオにいつも飲んだくれていた中年の兵士が話しかける。

「おう、ラ、ラティオ。さっさと仕事の準備をするぞ」

「だからラティオ……え？」

いつもの調子で言い返そうとし、中年の兵士の言葉に固まる。

「あー……お前はもう坊主じゃねぇ、一人前の兵士だ。だから認めてやるよ。けどあんま気張り過ぎてぶっ倒れんなよ」

「へっ……あんたこそ酒を飲みすぎるなよ！」

先に行った兵士達を追いかけラティオは駆け出す。

いつもの日常。いつもの会話。

だけど今日からはいつもより少しだけ頑張ろうと思えた。

外伝1　幼馴染の慟哭

夜空に浮かぶ満月。月明かりが優しく地表を照らす。

〈キュルルル〉

「よしよし、キュアノス。今鱗を磨いてあげるからなー」

とある宿に併設された魔獣舎。そこには藍色飛竜のキュアノスを撫でるユウの仲間のひとり――『魔獣使い』のファウパーンがいた。

キュアノスの鱗をブラシで擦りつつもファウパーンは未だに部屋に引きこもる、兄貴分として慕っているユウのことが頭から離れなかった。だからだろうか、いつもより少しばかり乱雑に鱗を拭く。

〈キュウ！　キュルル！〉

「っ！　ご、ごめんよ。オイラちょっとぼーっとしてたみたいだ」

雑に拭かれ、痛かったのかキュアノスが非難じみた鳴き声を上げた。

そのことを謝りながらも丁寧に鱗を拭く。するとピクッと彼の耳が動いた。

「何だファウ坊、まだ起きていたのか」

現れたのは身の丈程の大剣を背負う、魔獣で出来た鎧に身を包み、厳つい刈り上げの『戦士』オーウェン・ローパストだった。

「……なんだ、おっちゃんか。不審者かと思ったぜ」

「嘘つけ。オメェは足音で誰かわかるだろ。なんたって獣人の血を引いてるんだからな」

「まぁ、そうだけどさ。おっちゃんは何してたんだ？」

「ん？　そりゃあ、決まっているだろう。かわい娘ちゃん達と仲良く楽しく酒を飲み交わして」

「……嘘つけよ、酒なんて飲んでないくせに」

「……なんだ？　バレちまったか」

「酒の臭いがしないからな。オイラ、鼻が良いから」

へへっと鼻の下を擦り、頭上の獣耳を動かすファウパーン。何時もの癖だが、今日のは何処か態とらしく見えた。

「何時もなら浴びるほど酒を飲むんだが、そんな気分じゃねぇからな。……旦那まだ部屋に閉じこもってるのか？」

「そうだよ。クリス姉がずっと話してるけど全然反応がなくて、それでついさっきメイ姉も行った。オイラは……何も出来ないからこうしてキュアノスと触れ合ってた」

「そうか。俺もそんな感じだ。何処をブラブラしても、なーんにもする気が起きなくてな。それで戻ってきたら、外にいるお前らが見えてなっ、と」

オーウェンはどかっとファウパーンの隣に座る。

そのまま暫し無言になる両者。飛竜のキュアノスだけがキュルルと気持ちよさそうにファウパーンの撫でる手を堪能している。

「ユウ兄はさ」

「おう」

ぽつりとファウパーンが口を開いた。

「あのフォイルって奴の話をする時、複雑そうにしながらも最後は嬉しそうに語っていたんだ。メイ姉も視線は厳しかったけど、それでもやっぱり何処かで優しく、懐かしむ目になっていた」

昔一度だけどんな人物か聞いたことがあった。

その時二人は前記の通りの反応を示した。確かにファウパーンには三人がどんな風になってしまって袂を分かつようになったのかわからない。

フォイルがどんな人間なのかも知らない。

だけどファウパーンにもわかる心情が一つだけあった。

そこにあったのは親しみ。それもとても深いものだった。

「そうか……。なぁファウ坊」

「なんだ」

「お前は自らの職業（ジョブ）や『称号』について何か後悔（こうかい）したりしたことはあるか」

「……ないよ。少なくともオイラが『魔獣使い（ティマー）』じゃなきゃ、こうして今も人の世界でキュアノスと一緒にいられなかっただろうから」

〈キュルル♪〉

撫でると嬉しそうに手に身を委ねるキュアノス。

オーウェンは頷く。

「そうだ。大抵（たいてい）の奴は自らの職業（ジョブ）に沿って人生を送ってる。誰もそこになんの疑問も抱（いだ）きやしねぇ。何故だかわかるか？」

「いや、わかんない」

「俺は思う。決められた人生ってのはな。安心できるんだ。先行きの見えない未来より女神様から決められた通りに行けば間違いない、全てうまくいくって。まぁ、実際はそんなことはねぇんだがな。……大抵の人間は間違える。失敗だってする。それでも少なくともその職業は間違いじゃねぇ。大丈夫だって、心の支えになるんだ。だから俺も『戦士』の職業を与えられて戦士になったことを後悔してねぇし、屈強な竜を殺して『竜殺し』の『称号』を授かった時も特に疑問を抱かなかった」

称号は基本的に職業の後に付属されるものだ。

それが例外なのは『勇者』と『聖女』くらいだ。或いは、元よりその才に恵まれた者か。

「俺はフォイル・オースティンがどんな奴だったのか、知らない。あいつが何を思い、何を考え『勇者』であろうとしたのか。何にも知らねぇ。だがよ、あいつが最期に旦那に聖剣を託したのは事実だ」

オーウェンは思い出す。フォイルの最期を。それによって今部屋に籠っているユウのことを。

「できるなら、あんな結末でなく平和な解決を望みたかった。けど、それももう叶わない。俺は初めて思うぜ。世の中ってのは、理不尽なものだよなぁ」

ポツリと噛み締めるような調子で話すオーウェン。

脳裏には仲間で、弟のような、ユウのことを思い浮かべていた。

◇

何度も押し寄せる後悔に苛まれる。

無力、後悔、悲哀、虚無、絶望、悲痛、憂い。

ありとあらゆる負の感情が心中で何度も何度もぐちゃぐちゃに湧き起こっては傷つける。

ユウはあの日からずっと部屋に閉じこもっていた。

コンコンと扉をノックする音が鳴る。

「ユウさん、宿の方から夕食を貰ってきました。食べませんか？」

部屋の外では白くふっくらしたパンと水を抱えたクリスティナが心配した声色でユウに話しかけた。

だけど扉の向こうから返答はない。

「ユウさん、せめて水だけでも……」

やはり身動ぎの音一つの反応もない。

「……ユウさん、失礼します」

クリスティナは決意をして、扉に手をかける。

扉に鍵はかかっていなかった。不用心なのか、それともそんなのを気にする余裕もなかったのか。

後者だろうとクリスティナは思った。

そしてそのまま扉をあけて中に入った。

ユウは居た。

暴れた様子はなく、ただベッドの上に座っていた。だが身動ぎを一切しないその姿はまるで生気がなく彫刻(ちょうこく)のようだった。

憔悴(しょうすい)はしている。

だけど生きてはいる。

その事実にクリスティナは少しだけ安堵(あんど)する。最悪の事態も想像していただけにその安堵は深かった。

ちらりと見れば勇者の象徴である聖剣が無造作に地面に放られていた。

女神からの贈(おく)り物をぞんざいに扱うことに思うことはある。『神官(プリースト)』としてなら諫(いさ)めるのが正解なのだろう。

だけどそれよりも彼女はユウが心配だった。

クリスティナはすぅと空気を吸う。

「ユウさん、今回の結果は残念に思います。あの後私も教会の方に付近の捜索を依頼しましたけどかの『偽――』失礼しました。フォイル・オースティンを見つけることが出来ませんでした。……捜索も打ち切ったとのことです。ユウさんが、傷ついていることも知っています。だけどそれでも言わせてください。こうしている間にも、魔王軍は人々に対して危害を加えています。だからこそ、勇者であるユウさんが必要なのです。だからどうか人々を、魔王軍から救う為に旅に出ませんか……？」

「……勇者……か。はは、ははははは……」

乾いた笑いだった。

自嘲気味な、とても自信に溢れる勇者のようには見えない。

ユウはクリスティナを見た。

瞬間クリスティナは後退りそうになった。

何時もの優しげな顔は何処にもない。

あまりにも無気力で無色な、生気も何の色も宿さない瞳だったからだ。

「『勇者』ってなんだよ。人を守るのが勇者。そうだろう？」

「はい、『勇者』は聖剣によって人々を照らす希望の光で――」

「ならなんで僕は彼を殺さなきゃならなかったんだ！」

魂からの叫び。今まで聞いたことのない怒声にクリスティナが身を固める。

「彼は言っていた。僕のことを、光だって。でも、そんなことはない。僕は、幼馴染を殺してまで勇者になんか、なり、たくなかったっ……」

よろよろとクリスティナに近付き、彼女の肩を掴みながらユウは膝をついた。

最後の方は言葉にならず、嗚咽になっていた。

そこにいるのはただの子どもだった。泣きじゃくる幼い子供。

クリスティナはどうしたら良いかわからずにただただ狼狽え、困惑する。

「……やっぱりこうなってたのね」

「え、あっ、メイさん」

いつのまにか背後にメイがいた。メイはユウの顔を見、憂いを帯びた瞳をするもすぐに彼の行動を正す。

「ユウくん、クリスちゃんに詰め寄るのはやめなさい。彼女は『神官』だから女神の言葉は伝えられてもその心までを全て知ることはできないの。そして否定することも出来ない。それにクリスちゃんを責めるのは筋違いよ」

「……」

メイの言葉にユウは力なく、ゆるゆるとクリスティナの肩から手を離した。

「あの、メイさん」

「ごめんね、クリスちゃん。でも大丈夫。だから今は少し二人きりにさせて」

「……はい、わかりました」

クリスティナはちらりとその後ベッドに戻り項垂れるユウを見て、悲しそうにしながらも部屋を出て行った。

廊下の灯りが遮られ、部屋には月光だけが差し込む。

メイは何も言わずに隣に座りユウが喋るのを待った。

「……僕はフォイルくんのことを何もわかっていなかった」

どれくらいの時間が経ってからか、ユウが呟いた。

彼の胸に湧き起こるは後悔、悲哀、絶望、喪失感。いずれもマイナスの感情だ。

メイはその言葉をすぐに否定した。

「そんなことないと思うな。二人ほど仲が良くてわかり合っていた人はいないと思うけど。村でも一番仲が良かったじゃない」

「うん、僕もそう思っていた。だけどそんなことなかった。あの時……フォイルくんから語られるまで僕は彼の本心に気付くことができなかった。……本当に、彼が変わってしまったと思っちゃったんだ。そんなわけないのに。僕は彼を信じられなかった」

どうして彼を信じられなかったのか。

他人ではなく、自分ならそれが出来ただろうに。

そのことばかりがユウの心を締めつける。

友達なら、親友なら、幼馴染なら彼の心情を慮(おもんぱか)ることが出来たはずなのに。

「彼はいつだって前にいてくれた」

『よぉ、ユウ！　何ボサッとしてんだ、早く行くぞ！』

「いつも僕に勇気を与えてくれた」

『失敗なんて誰でもすんだから気にすんな。だからよ、ユウ。お前はお前の歩みで成長すりゃいいんだ』

「どんなっ……時も……ぼくを……たすけてくれた」

『情けないぞ。ま、お前の努力はわかっているよ。だから、後は俺に任せろ。ユウ』

「かれは……いつだってまえにいてくれて……」

『何泣いてんだよ。ったく、本当に泣き虫だな。ユウは』

　ポタポタと涙が滴り落ちる。

「……なんでこんなことになっちゃったのかなぁ」

　か細く、弱々しい呟きだった。

「僕が『真の勇者』じゃなければ、あの時の、故郷の時みたいに三人でずっと一緒にいられたのかな……。フォイルくんも、あんな、あんな……。きっと僕の、僕のせいだ。僕が勇者になりたいだなんて思ったからこんなことになったんだ。だったら『名無し』でよかった。僕はただ三人でいたかっただけなんだ。それだけだったんだ。なのに、僕が、僕がこの手でフォイルくんを」

「ユウくん」

　遮るように一言だけ名前を言われ、ユウは突然メイに抱きしめられた。

　柔らかな感触と人の温かい感触がユウの体を包み込む。

「メイちゃん……？」

「本当、ユウくんもフィーくんも変わらないよね。二人ともいっつも自分を責める時は誰にも頼らない。フィーくんはがむしゃらに一人で解決しようとして、ユウくんはずっと一人で自分のことを責め続ける」

「……そんなことないよ」

「ううん。絶対そう。私にはわかるもん」

しみじみとメイは呟く。

その間もメイは優しくユウの頭を撫でる。

「二人はいっつも、何処かに行っては、怪我ばっかりして帰ってくる。私が無茶しないでーって言ってもちぃっとも聞いてくれない。いつか私も二人を止めることはなくなっちゃった。でもずっと私はそれを見ていた。本当、私がどれだけ心配しているのか二人はまったく気付いてくれないんだもん」

「そうだね……怪我をした時はいつもメイちゃんが手当てをしてくれてた」

「そうだよ？　どれだけ心配していたのかわかる？」

「うっ、ご、ごめん……」

メイの言葉にユウは、本当に僕はみんなに迷惑をかけてばかりだと呟く。

メイはそんなユウをもう一度大きく撫でる。

「ユウくん、私ね。フィーくんがユウくんを追い出す前に一度会っていたの」

「え？」

「あの時のフィーくんはまだ私達の知るフィーくんだった。あの時はすぐにユウくんを追い出したって話を聞いて怒りで気付けなかったけど今ならわかる」

何処か思いつめたような顔をしていたあの時。

最後にユウを頼むと言った時少しだけ見えた何やら泣きそうな顔をしていたあの時。

どうしたの？ってその一言が言えたなら。

「わかっていなかったのは、私も同じ。だから一人でそんなに責めないで、泣かないで。抱え込まないで。だから……だか、ら、泣か、ないで」

ユウは頬に落ちてくる液体に気付き顔を上げる。

メイも泣いていた。

ポロポロと透明な雫を流しながらも、それでもユウを元気づけようと笑っていた。

ユウは己を責めた。

自分だけが辛いと思っていたのだ。そんなわけがない。

辛いのはメイも同じだった。

「ごめんっ……！　メイちゃん……！　ごめんっ……フォイルくん……！　僕は、ぼくはあっ…………！」

「あぁ、もうユウくんは昔から変わらないなぁ。すぐに泣いちゃうんだから……。でも、今日は、今日だけは……わたしもなきむしでも、良いよね……？　う、うぅぅぅ……」

「う、あ、あぁぁ……。うぁぁぁぁ…………！」

「ひっく、……えぐっ、ふわぁぁぁん。うぇぇぇん、グスッ、ふぃ～くん……ふぃ～くん…………！」

二人揃って声を押し殺して泣く。

そこにいたのは『真の勇者』でも、『大魔法使い』でもなく、ただただ幼馴染を喪った悲しみに嘆く子ども達だった。

「……メイちゃん目元真っ赤だ」

「ユウくんこそ。あーぁ、明日になったら腫れ上がってるだろうなぁ。またオーウェンさんにからかわれちゃう」

「僕も言われそうだ」

二人して苦笑する。

先程までの空気はない。空元気だが笑えるくらいには暖かい空気だ。

それでも悲しみが無くなったわけじゃない。ある程度発散出来ただけ。今もなお胸の奥をジュクジュクと蝕むように痛みが走る。

きっとこれからも一生この心の痛みは消えることがないんだろうなと、ユウは思っていた。

「メイちゃん」

「なぁに？」

「僕は魔王軍を倒す」

「うん」

「それだけが、僕にできる唯一の償いだから」

「……うん」

なんであの時、最期にフォイルが笑みを浮かべていたのか。ユウにはわからない。それでも、彼に託された想（おも）いを胸に、歩んでいこうと決意した。

ユウは置いてあった聖剣を空へ掲（かか）げる。月光に反射した聖剣の刀身が、何処か悲しげに煌めいた。

かくして『真の勇者』は誕生する。

聖剣を振りかざし、その聖なる力を以（もっ）てして世界を蝕む魔王を討（う）ち果たさんと。

しかし世界を救う勇者の奥底（おくそこ）にある思いが果たして純粋な意思だけなのか。

それはわからない。

ただ、窓の隙間から満月の光だけが悲しげに差し込んでいた。

外伝2 ◆ 魔王軍

魔王軍。

世界に於いて悲劇を撒き散らす悪の根源ともいわれる人類の天敵。

彼らの本拠地は〝魔界〟と呼ばれる環境に適応した魔物が跳梁跋扈し、魔瘴とも呼ばれる魔物の力の源である、非常に濃度の高い瘴気が蔓延る場所にある。常に過酷な環境で過去に魔王軍幹部を討ち取り、侵攻した人間軍が三日と持たずに潰走した所にある。

そこに禍々しくも何処か荘厳な雰囲気を持ち、それでいて威圧するかの如く存在を放つ長らく魔王城と呼ばれる場所。

その魔王城の一室。中央の見事な円卓のテーブルを囲う八つの席があるこの部屋は幹部しか立ち入ることが出来ない会議室である。空席が三つあり、五人の人影があった。

「失態ですね」

『水陣』の名を待つマーキュリー・チャングロォ・ハンツォンリーはそう判断を下す。

彼の見た目は優美かつ雅びな着物を身にまとい、本人も一見すれば、男性にも女性にも見えるほど中性的な顔立ちだ。髪も調度品のようにきめ細かく水色に透き通っている。彼そのものが一つの芸術品のような美しさだ。

しかしその目は何処までも厳しい。

「ベシュトレーベンさん、スウェイさん。勇者を仕留めずに勝手に退却するとは何事ですか。折角態々策を弄して人を騙し、あそこへ誘導し、誘き出したというのにそれを無にするとは」

「……」

「だってぇ、気が乗らなかったのだもの」

「魔王様の意は人類の滅亡。その為には勇者を倒すのは必要不可欠。魔王様の意に逆らうこと、その重さを理解しておいでですか？」

咎めるマーキュリーに対して、ベシュトレーベンとスウェイの反応は鈍い。その様子を眺める男がいる。純白の体毛に白い尾が生えた『迅雷』のトルディォンだ。

「はっ、だからオレは言ったんだ。わかったら大人しく罰を受けるんだな」

「トルディォンさん。貴方もですよ。結局勇者達を発見できず取り逃がしているではないですか。嬲ることに夢中で貴方の相手をしていた剣士も取り逃がしているではないですか。獲物を嬲り、侮るのは貴方の悪い癖ですよ」

「あぁ⁉　なんでオレが責められなきゃならねぇんだよ⁉　逃げたのはコイツらだぜ！　罰ならコイツらにしろよ、何ならその罰オレがやってやってもいいんだぜ⁉」

　自らに飛び火したトルディォンが文句を言う。

　トルディォンの物言いに黙っていたベシュトレーベンが言葉を挟む。

「罰ならば受けよう。だが、それは魔王より直々の時のみだ。貴様からの処罰など受けはせん。貴様のような弱者からはな」

「テメェ……なんなら此処で戦るか？」

　バチバチとトルディォンから静電気が発生しベシュトレーベンからは圧倒的な威圧が広がる。

　一触即発。それを止めたのは意外にも彼らを咎めていたマーキュリー自身だった。

「まぁ、よろしいでしょう。あの後情報を集めた所どうやら例の勇者……フォイル・オースティンは偽物だとわかりましたので」

「ふご、偽物じゃと？」

　これまで黙っていた者が反応する。その姿は黒い肌にでっぷりとした腹が特徴的な魔族のオークに似ていた。しかしその容姿は焼け焦げたように黒に染まり、体躯も通常のオークの三倍はあろうかという巨躯であった。

『炎獄』の名を持つブラチョーラ・玄・バルカンである。

「ええ。神殿勢力によると、どうやら『真の勇者』と呼ばれるユウ・プロターゴニストこそ、今世代の勇者であり、フォイル・オースティンは勇者の名を騙った偽物であるらしいです。なので少々手の者にも民衆を煽るようにし、彼を孤立させ『真の勇者』に渡る前に聖剣の回収をしようとしましたが全て撃退されました。その後、『真の勇者』に討ち取られたそうです」

「『真の勇者』ねぇ。それって前の偽物勇者と比べてどうなんだよ？」

「不明です。監視していた『疾爪』の部隊の消息が知れませんので。ダウンバーストさんが敗れて以来、『偽りの勇者』の監視として動かしていましたが連絡だけはまめにしていたので、それが途切れたとなると……」

マーキュリーはベシュトレーベンへと視線を向ける。

「そのことをどう思いますか？　ベシュトレーベンさん」

「何故、我に尋ねる」

「それは『疾爪』が貴方の配下だからですよ」

「勝手に組み込んだのは貴様だろう。配下といっても形式上にすぎず、実質的に奴へ指示を出していたのは貴様だろう、『水陣』」

マーキュリーはオニュクスをベシュトレーベンの配下へと差配した。理由は単純。強さはともかく、その飛行する力は有用だったからだ。だからこそ、マーキュリーはオニュクスを逆らえないようこの目の前の『豪傑』の配下へと組み込み、力で逆らえなくし、『勇者』の監視任務へと就かせた。

ベシュトレーベンは、何も言わずにただ笑みを浮かべてこちらを見るマーキュリーに対し、鼻を鳴らす。

「……奴は既に心が折れていた。自発的に動くとは考え辛い。そのような気概は、奴にはない」

「なるほど、ありがとうございます。なら、やはり気付かれたというのが妥当な判断でしょう。その後、逃げることも出来ず討たれたと」

「所詮はただの魔族だ。疾さに自信があったようだが、オレの疾さにはついてこれねぇ、ただの木っ端に過ぎねぇ。これで実質的にあの鳥頭の軍団はいなくなっちまったな」

トルディォンが辛辣に評価する。実際、八戦将と魔族では覆すことのできない差があるので誰も彼の言葉を否定しなかった。

そしてオニュクスがいなくなったことで、ダウンバーストの軍団は完全に壊滅した。しかし、この場にそれを気にする者はいない。

「ぶごご、それにしても『真の勇者』。仮に『疾爪』が奴に討たれたとするならば、遠く離れた魔族をも容易く蒸発させるその力、一体どれほどなのか……ふご、豚業、豚業業、豚業業業業業業業業!!　燃える……燃えるゾォォォオォォ！」

「あちぃっ！　テメェ、勝手に燃えるなや！　この焼き達磨！」

「ブホォッ！　雷を当てても我輩には効きませぬぞぉ！　焼ける感覚が心地いいぞぉ！」

「くそっ、このど変態野郎が!!」

悪態を吐くトルディオに対し、ブラチョーラは豪快に笑う。その身体からは業火の如く炎が上がっていた。

「ブラチョーラさん今は少し抑えてください。……まぁ、『真の勇者』については、今はまだ未知数なので観察を続けるしかないでしょう。手を出すのは危険です。今までとは違い、あまりにも異質です。続いてですが、太陽国ソレイユとのことについてです――」

その後、話は魔王軍のこれからの方針へと移る。

彼らはもはや『偽りの勇者』であったフォイルのことは忘れ、これから己の役割が何なのか聞いていた。

しかし、その中で二人、フォイルに興味を持った者がいた。

「ふぅ～ん。『偽りの勇者』ねぇ。その名の通りなら彼は決して本物にはなれなかったということ。あぁ、そこに『真の勇者』に向けてどれほどの妬(ねた)み、嫉(そね)み、僻(ひが)み、辛(つら)み、恨みがあったのかな。だったらあそこで帰ったの、早計だったかも」

一人は『氷霧(ひょうむ)』のスウェイ・カ・センコ。彼女は偽(いつわ)りという役目を押し付けられたフォイルに対し少しばかり興味を抱(いだ)いた。

「……あれが偽物だと？」

もう一人は『豪傑(ごうけつ)』のベシュトレーベン。彼はフォイルが偽物だったということに反応する。

確かにベシュトレーベンからすればあの時のフォイルは脆弱、軟弱としか言えないほどの実力であった。

だがフォイルは真っ向勝負で自らの顔に一太刀(ひとたち)入れた。侮りはすれどそこに自らの油断はなかったのに、だ。

（『水陣(すいじん)』の話が真(まこと)であれば、奴は我にあの状態でこの傷を入れたということになる。人は自らの職業(ジョブ)以外の力を使おうとすればその力は著しく低下する。奴が勇者ではないとすれば聖剣を扱うだけで多大な実力低下(ハンデ)を背負っていたはず。しかしそれでも奴は我に一矢(いっし)報いた。それは）

フォイルに傷つけられた頬の傷が疼(うず)く。

今までにない高揚と闘争が身体を駆け巡るが同時に冷めた感覚がベシュトレーベンに広がった。

何故なら奴は死んだ。つまり、もう再戦はない。

「つまらぬ……」

もはや口癖となった言葉を吐いて、ベシュトレーベンは会議を続ける他の八戦将を意識の外に置いた。

マーキュリーは話を続ける。

「現状勇者を擁し、女神の加護を受ける彼の国、太陽国ソレイユとの戦いは膠着していると『地蝕』からも連絡がありました。ですがそれはある程度予想していたことです。寧ろ向こうの戦力が前線に集中してもらうことが好都合。色々と策を講じ易くなります。しかしその負担のせいか前線の方は少しばかり魔物と魔族の消耗が激しくなって来ました。別に戦線に支障があるわけでもないですが、向こうは『魔王軍恐るるに足らず』と人間側の士気を高めようとしています。少しばかり面白くないですよね？」

「全くだ。群れると強気になるのは奴らの常套手段だな」

「別に此方にとって替えのきく魔物がいくら死のうと痛手ではないのですが……余り魔王軍を舐められるのも不愉快です」

マーキュリーはテーブルに置かれた地図の一ヶ所を指差した。

「そこで奴らに少しばかり痛手を与えることにしました。此処(ここ)を見てください。名は商業都市リッコ、ここは物流の要衝(ようしょう)であり様々な国の商人がそこを通ります。そして太陽国ソレイユを始めとした魔界と隣接(りんせつ)する国々と後方の国々を結ぶ重要な都市でもあります。しかも前線ではないことからかなり油断が生じています。同時にかなり裕福(ゆうふく)な都市でもあります。《大輪祭(たいりんさい)》と呼ばれる夜空に花火を打ち上げる多大な物資を消費する祭りを開くくらいに。そこで此処を落とし、街としての機能を奪いましょう。それでその役目ですが……」

「此方(こなた)がやりましょうか？」

「よろしいので？」

「ええ。だって今の戦況(せんきょう)で祭りを開催(かいさい)するだなんてそれだけ立地と食料に恵まれているってことじゃない。あぁ、妬(ねた)ましくて嫉(ねた)ましくて、妬(や)いてしまうわ」

ひんやりと会議室の空気が冷たくなる。

スウェイはくすくすと笑いながらも、その様子からは凄(すさ)まじい嫉妬が感じられた。

「流石(さすが)は嫉妬の魔女(まじょ)とも呼ばれるだけはありますね。わかりました。貴方に委ねます」

「ふふ、それじゃ此方(こなた)は失礼するわ。行くとしたら色々と準備することがあるもの」

スウェイは席を立ち、部屋から出て行った。

会議は終わっていないのだが、引き留めたところで無駄である。マーキュリーは見送る。

「後方に関してはスウェイさんに任せましょう。それではトルディォンさんとブラチョーラさん、貴方達には武国ソドォムと騎国ゴラァムと呼ばれる国を滅ぼしてもらいます。これらの国々は太陽国ソレイユに物資と兵士の派遣をし、援助を行っています。どちらも武勇を誇る国、これが思いのほか少しばかり鬱陶しいので。彼らの前線に戦力を集中させたのはこの為です。今この国にはあまり戦力がない。更に例の私の配下で小国に取り入った者により、既に多くの魔族が手引きにより背後に回り、身を潜めています。この両国にも既に内部には魔族の手の者を入れているので彼らの手引きの下、包囲し存分に破壊、壊滅させてください」

「いいねぇ、そういうのを待っていたんだ」

「ぶごごごご！　全て燃やし、灰燼に帰してくれようぞ」

「ただ、位置からしてどちらかに勇者が現れる可能性はありますが、その場合は退却してくださいね。我々の目的は国を陥とすことにあるのですが、最悪滅びずともある程度損害を与えるだけで結構です」

「あぁ？　つまんねぇな」

一転してやる気が衰えたトルディォンに「命令です」と強めに念を押す。

トルディォンは舌打ちしながらも一応了承の返事をした。相変わらずにこやかなマーキュリー。次いで最後の一人に指示を出す。

「ベシュトレーベンさん、貴方は今回の作戦には関与する権限を与えませんので。偽物だったとはいえ逃し、聖剣を回収するチャンスを逃したのは許されないことですので」

「好きにしろ」

「ええ、好きにします」

にこりと人好きのする笑みをマーキュリーは浮かべる。

ベシュトレーベンは心底どうでも良さげに鼻を鳴らした。

「それでは各自、魔王様の為に己が武を示しましょう」

その言葉で今回の会議は締めくくられた。

八戦将が退出した会議室。

そこにはマーキュリーだけがいた。その背後に新たに人影が現れる。

否、それら四人は初めから会議室にいた。だが全員がマーキュリーの背後にある柱の陰に佇みながらも一言も喋らなかったのだ。

それらは異質だった。白髪の、一見して少女にも少年にも見える中性的な顔立ち。それだけなら兎も角、四人誰一人として別ではなく同じ顔、同じ体格をしていたのだから。

それらの正体は『造られし人工生命』と名付けられた、『水陣』直属の配下である。

「お疲れ様です、マーキュリー様」

「……折角淹れた茶を誰も飲まなかった……不愉快、そして哀しい」

「あは～、相変わらず濃い面子なの」

「そして誰もが自分勝手。本当にまとまりがない」

『造られし人工生命』が喜怒哀楽を表しつつマーキュリーを労う。

　そして会話の内容は、大凡他の八戦将を非難するものであった。

「ええ、全く困ったものです。魔王軍と銘うつからにはそれなりに軍として機能してもらいたいのですがね。あの人も召集に応じませんでしたし」

　マーキュリーはふぅ、と態とらしく溜息を吐く。それらも主の気持ちがわかっているからか態とらしく苦笑し、同じ目でそれらはマーキュリーを見つめる。

「国を陥とすあの二人、ちゃんと命令通り動きますでしょうか？」

「ブラチョーラさんは兎も角トルディォンさんは勝手に行動するでしょうね。恐らく勇者と戦おうとするでしょう」

「でしたら止めないの？」

「無駄でしょう。あぁいうのはこちらが言うと不満が溜まるタイプです。ならば思う存分戦ってもらいましょう。我々はそれを遠くから見させてもらいます。『真の勇者』の実力がいかなるものなのかを……ね」

「……つまり生贄」

「ふふふ、言い方が悪いですよ。これでも同じ魔王軍の仲間なのですから、一応彼の勝利を願っていますよ」

「流石はマーキュリー様。腹黒い。奸智術数」

それぞれが同じ声色で話すにもかかわらず、マーキュリーは気にした様子もなくそれぞれに言葉を返す。

その際にふっとある考えがよぎる。

「スウェイさんが街を陥とすのは別に心配していませんがどうせまた人を追い出すくらいですかね……。殺しはしないでしょう。まだ同族意識でも残っているのでしょうか。全く染まるなら染まるでこっち側になってくれたら良いものの……」

まぁ、今回は別に問題にはならないかとマーキュリーは本題の方に思考を巡らせる。

「『真の勇者』……文献を探した所そのような名は何処にも見受けられませんでした。ですがどれほど強くとも個人である以上出来ることには限りがある。八戦将にとって脅威なのは勇者のみ。なら同時多発的に八戦将が国を襲えば勇者はどれか一つしか救えない。そうやって一つずつ、国を陥としていけばいいのですから」

勇者と魔王の歴史は長い。五百年に亘る因縁は今尚続いている。だがいずれも最後には魔王が敗北している。

何故か。

そのどれもが自らの力に驕り、幹部が一人一人討ち取られた所為だ。八戦将は魔王を守る要。人の厄介さは力で劣るからこそ知恵を絞り、協力することにある。

勝ちを狙うならば複数の幹部で包囲し、殲滅すればいい。

フォイルの時は実力を慎重に測り、それで今ならば抹殺しうると決め、三人の八戦将を送り込んだのだ。実際フォイルは敗走しているのでマーキュリーの分析は正しかったこととなる。唯一の計算外はベシュトレーベンが殺さずに戻ったことか。

「彼は間違いなく実力は我々の中でもトップクラスなのですが、我が強すぎますね。……いえ、彼が特別そうであるわけではありませんか」

マーキュリーは知っている。魔王軍は強い。だからこそ過去の魔王軍は敗れたのだと。

強いからこそ、勇者と一対一で戦わずにはいられないのだ。

しかし、だ。マーキュリーは思う。

「勇者と正面切って戦う理由が何処にあるのでしょう？　たとえ最後には雌雄を決すると

しても、我らの目的は人を滅することであり、『勇者』は別に最後でも良いのですから」

『勇者』一人が残った所で意味はない。人とは集団で生きる生き物だ。

だからこそ『勇者』を孤立させるために策を講じ、緩やかな滅亡に人類を向かわせる。

じっくりと、大地に水が染み渡るように。

そうして彼らの基盤を侵し、脆くする。

人類が気付いた時にはもう手遅れなのだ。

置いていかれたコップの水面が、マーキュリーの歪んだ笑みを映していた。

あとがき

はじめまして、シノノメ公爵と申します。公爵と名乗っていますが、実際は新米作家でございます。この度は「この日、『偽りの勇者』である俺は『真の勇者』である彼をパーティから追放した」を手に取っていただき、ありがとうございます。

本作は、HJ小説大賞2021年前期『小説家になろう』部門にて受賞し、書籍化されました。大変名誉ある賞であり、賜りましたこと、恐悦至極に存じます。

さて、栄えある賞を頂きめでたく書籍化となりましたが、やはり書籍になるとなりますと自らの未熟さを痛感致します。

なんだかんだと私生活との兼ね合いで、書籍が販売されるまで受賞から一年近くかかってしまいました。やはりネットに投稿するのとは訳が違いますね。

本作の担当となって頂けました、A様。改稿に当たり、多くの事をご指導頂き誠にありがとうございました！　執筆が遅く、大変ご迷惑をお掛け致しましたが、丁寧に教えていただき、大変感謝しています。

また、やはり書籍化しまして一番嬉しかったのは自分の作品に絵がつくということです。イラストレーターの伊藤宗一様にはとても素晴らしいイラストをいくつも頂きました。主人公のフォイル然り幼馴染のユウとメイまで、数多くのイラストを描いて頂けました。

特にアイリス！　あそこまで可愛らしくなり、イラストを見る度にニヤついていました。元からエルフは大好きなので一番嬉しく思いました。金髪エルフは最高！

反対に一番ビックリしましたのはオニュクスですね。まさかあそこまでイケメン魔族となるとは……。web版と比べても一番変わったキャラクターだと思います。多分、書籍化にあたり、一番出世した奴です。

最後にweb版から本作を応援いただいた読者様、購入いただけました貴方様に心からの感謝を。本当にありがとうございます！

次回は上位魔族を上回る八戦将との戦いです。

格上の相手に、フォイルこと『救世主』となったアヤメにアイリス、ジャママはどうするのか。乞うご期待下さい。

次巻予告
アヤメに名を変え、アイリスと
共に救世の旅を始めたフォイル。
そんなアヤメ達が訪れたのは
《大輪祭》と呼ばれる祭りの準備に沸く
商業都市リッコ。
祭りの目玉である
巨大花火制作のための
素材集めに協力する等
アヤメは街での交流を深めていく。
HJ文庫

しかし、《大輪祭》を目前にして、
恐るべき八戦将の一角が
街にその魔手を伸ばそうとしていた——

「氷は全てを凍らせる。
身体も、魂も、大地も、全て。
此方は魔王軍八戦将が一人
『氷霧』のスウェイ・カ・センコ」

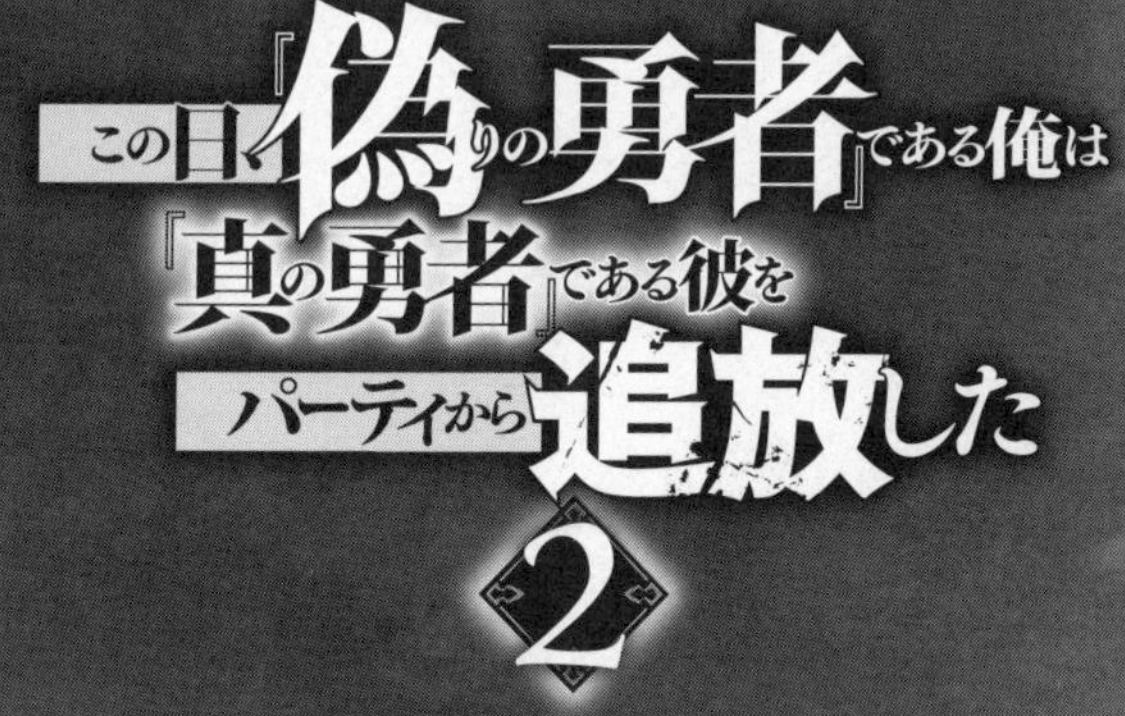

この日『偽りの勇者』である俺は
『真の勇者』である彼を
パーティから追放した
2

第2巻制作決定!!!
乞うご期待!

この日、『偽りの勇者』である俺は『真の勇者』である彼をパーティから追放した1

2023年2月1日　初版発行

著者――シノノメ公爵

発行者―松下大介
発行所―株式会社ホビージャパン

〒151-0053
東京都渋谷区代々木2-15-8
電話　03(5304)7604（編集）
　　　03(5304)9112（営業）

印刷所――大日本印刷株式会社
装丁――BELL'S GRAPHICS／株式会社エストール

Printed in Japan

ISBN978-4-7986-3075-5　C0193

ファンレター、作品のご感想お待ちしております

〒151-0053　東京都渋谷区代々木2-15-8
(株)ホビージャパン HJ文庫編集部 気付
シノノメ公爵 先生／伊藤宗一 先生